Stephanie Sellier, Frisch aus der Hölle

Stephanie Sellier

Frisch aus der Hölle

Episodenroman

Konkursbuch Verlag

Die Deutsche Bibliothek - CIP-EINHEITSAUFNAHME

Stephanie Sellier;
Frisch aus der Hölle - Tübingen : Konkursbuchverlag, 1998
ISBN 3-88769-117-2

Impressum

Tübingen - Tel. 07071/66551 - Fax + 63539

Druck: Typodruck-Roßdorf-GmbH

Inhalt

Geschichte einer heißen Nacht

Monika kam endlich von der Arbeit. Ich hatte schon seit Stunden auf sie gewartet. Hatte mich mit diesem betörenden Duschgel aus Himbeermarmelade, bei dem Mohnsamen die Kernchen vortäuschen, geduscht, meinen Hals mit Aftershave betupft und mein bestes Hemd angezogen, einen Strauß duftender Lilien auf den Tisch gestellt, ein gutes Essen gemacht, zwei schimmernde Gläser mit Wein gefüllt. Ich brodelte vor Erwartung und konnte meine Finger kaum bei mir behalten, als sie ihre Jeansjacke aufhängte. Ich liebte sie, und zwar schon lange. Monika war klein, muskulös und hatte ein Ego, als ob sie Haare auf der Brust hätte. Jetzt aber war sie müde, und ich übte aus rein taktischen Gründen Zurückhaltung. Ich würde sie nur ins Bett bekommen, wenn ich die richtigen Dinge tat - wenn sie erst einmal gekränkt war, tat sich gar nichts mehr, und für guten Sex schluckte ich meinen Stolz gerne.
Die Eieruhr klingelte, der Auflauf mußte aus dem Ofen genommen werden. Das war Monikas Arbeit. Ich mache wirklich komplizierte Gerichte, aber Monika muß sie servieren. Dann habe ich die Illusion, sie selber hätte sie gekocht, um mir etwas Gutes zu tun. Sie hob mit dem Holzspachtel großzügige Portionen auf beide Teller und setzte sich. Monika aß. Sie aß wie immer langsam, niemals hastig, so wie ich. Wie immer machte mich ihr Eßtempo wahnsinnig.
Reden ist auch nicht ihre Sache. Sie ist wirklich dankbar für das Essen, das ich für sie koche, aber sie verliert nie ein Wort darüber. Ich konnte das Wohlbehagen jedoch in ihren klaren graublauen Augen sehen, über denen unglaublich lange Wimpern schwebten. Ihr Kinn und ihre Wangen waren weich und voll, nur die große Nase stach heraus. Nach dem Auflauf kam der Salat. Mit einem Schaudern der Vorfreude beobachtete ich, wie sie mit ihren schlanken Fingern Messer und Gabel führte, Salatblatt um Salatblatt zerteilte, es aufspießte und in den Mund steckte. Ich schätzte Gründlichkeit. Es war eine Sache des Maßhaltens, des Wissens, was zu welcher Zeit zu tun ist. Jetzt war Essen dran, und ich hatte in meiner Nervosität schon so viel Wein getrunken, daß ich Mühe hatte, das Ritual nicht zu brechen.

„Soll ich noch Kaffee machen?“ fragte sie freundlich, als sie schließlich, lange nach mir, aufgegessen hatte. Ich nickte, hysterisch vor Triebstau, mit dem Kopf. Das ist S/M! Wenn sie mir nach dem Kaffee noch eine Partie Halma anbietet, beiße ich vor Wut in die Tischkante. „Okay, ja, mach Kaffee, okay, warum nicht?“ sagte ich hastig, um wenigstens die sprachliche Kargheit zu durchbrechen. Betteln würde ich nicht. Niemals. Wenn sie nicht selber wollte, zur Hölle, ich würde ganz einfach... Ja, was würde ich? Nichts. Seit ich Monika kenne, sind meine Orgasmen unwiderruflich an ihre Hand gekoppelt. Ich konnte höchstens kalt duschen oder fünfmal um den Block rennen oder was Kardinäle sonst so machen. Ich begann lautlos zu flehen, nicht gerade sexy. Ich mußte mich um jeden Preis attraktiv halten. Wenn ich weiter litt, würde ich zur Salzsäule, und dann würde auch bei mir nichts mehr laufen. Reden, ja genau: Ich mußte irgendwie die Konversation in Gang bekommen.
„Schatz, wie war dein Tag?“ Ich war schamlos. Hoffentlich bekam sie es nicht mit. Monika war Kankenschwester. Ich liebte ihren Beruf, abgesehen von der miesen Bezahlung und den skurrilen Arbeitszeiten, die er mit sich brachte. Monika in Uniform war die reinste Phantasie, obwohl sie nur langweilige weiße Kittel und Birkenstocks trug und kein gesteiftes Häubchen, das mit Haarklammern im Dutt verankert war. Seit ich als Säugling eine vollbusige Johanniterunfallschwester hatte, die mich babysittete, bin ich Krankenschwestern verfallen. Wenn Monika mir mit der ihr eigenen Mischung aus Güte und Unbarmherzigkeit den Blutdruck messen würde, käme ich garantiert ins Hecheln.
„Frau Meier ist tot. Frau Hase auch.“ Zwei Sätze auf einmal - sie mußte echt bewegt sein. „Oh, tut mir leid“, sagte ich möglichst einfühlsam. „Hast du sie gut gekannt?“ - „Sie lagen schon seit Monaten im Koma. 81 und 84.“ - „Aber wenn du sie täglich pflegst, baust du doch auch ein Verhältnis zu ihnen auf, oder?“ Monika nickte erschöpft. Ich schämte mich, Therapeutentricks anzuwenden, um den Weg zu ihrem Herzen zu bahnen - zumal mit solchen Themen. Aber vielleicht hatten die Damen zeit ihres Lebens ein erfülltes Sexualleben gehabt, und ich

brauchte kein schlechtes Gewissen zu haben. „Willst du drüber reden?" Jetzt verachtete ich mich erst recht. Ich würde spucken und beißen, wenn jemand diesen Mist an mir versuchte, aber Monika schien darauf anzuspringen.
Ich holte die Espressokanne vom Herd und goß die heiße schwarze Flüssigkeit in die Täßchen. Monika starrte mit feuchten Augen vor sich hin. Sie war wieder verstummt. Jetzt war es Zeit zu handeln. Ich ging zu ihr herüber und nahm sie auf den Schoß. Sie drückte ihr Gesicht in meine Halsbeuge. Ich legte meine Arme um sie und wiegte sie. Sie schnaufte behaglich an meinem Hals. Ich drückte ihre Schultern kräftig mit meinen Oberarmen, nur um ihre Stärke zu spüren. „Au!" Schon gut, schon gut. Ich schob eine Hand durch ihr geöffnetes Hemd auf die delikate Stelle unterhalb des Schlüsselbeins. Durch den leichten T-Shirt-Stoff konnte ich ihren Herzschlag spüren. Das war meine Lieblingsstelle an der ganzen Frau. Ich hätte meine Hand jahrelang dort liegenlassen können. Mit der anderen streichelte ich ihren Bauch.
Auch ein Relikt der Johanniterunfallschwester: Immer wenn ich als Baby unruhig war, streichelte sie mir den Bauch oder hielt mich einfach kopfüber an den Beinchen, bis ich wieder ruhig war. Letzteres hielt ich mittlerweile für grausam, und so begnügte ich mich mit Streicheln. „Meine Liebe, mein Gute, meine Süße", sagte ich ganz dicht an ihrem Ohr. Mein Herz war rotglühend vor Liebe. Ich spürte, wie ergeben ich ihr war. Die Wehmut, die in mir aufstieg, wuchs ins Unerträgliche und wurde von unserer Umarmung gleichzeitig gelindert und angeheizt. Monika bedeckte meine Ohrläppchen, meine Nasenflügel, meine Augenlider mit Küssen. Ich hätte sterben können. „Geh schon mal ins Bett", sagte Monika leise und erhob sich. Ich gehorchte ihr und ging ins Schlafzimmer, legte die Kleidung ab (hat sie bemerkt, was für eine Mühe ich mir gegeben habe), zog einen Pyjama an (man will sich ja nicht aufdrängen, vielleicht habe ich sie mißverstanden) und legte mich ins Bett. Und da lag ich dann, meine Hände auf der frischgewaschenen Flanellbettwäsche gefaltet wie ein Kommunionskind, und wartete auf meine Liebhaberin, die sich vermutlich

gerade die Zähne putzte und eine schnelle Katzen-wäsche machte, um angenehm für mich zu sein.
Als sie ins Zimmer kam, schenkte sie mir ein breites Lächeln, hängte den Bademantel über den Stuhl und schlüpfte unter die Decke. Sie hielt mich im Arm, und schon nach wenigen Atemzügen war sie eingeschlafen. Ihr Schlaf war so überzeugend, daß er meine Enttäuschung bald dämpfte und auf mich überging. So schliefen Monika und ich, ein altes Lesbenpaar, unter gewaltigen Federbetten wie in einer Wilhelm-Busch-Zeichnung. Sie schnarcht nicht, aber sie sagt, ich würde häufig schmatzen. Das kommt davon.
Gegen sechs wurde ich wach, wie etwas an meiner Schlafanzughose zerrte. „Aaaaah", gurgelte ich schwach, denn ich hatte geträumt, im Pazifik zu schwimmen, und mir kamen lauter Delphine und Killerwale entgegen, die mir nichts taten, aber mich mit ihren großen Körpern erschreckten. Ihre Hand glitt zart über meinen Hintern. „Ich liebe dich so, Suse", sagte sie mit einer Spur von Verzweiflung in ihrer Stimme. „Ich bin ja da", entgegnete ich, immer noch schwach. Warum mußte ihre Leidenschaft bloß im Morgengrauen erwachen? Wahrscheinlich, weil dann der Impuls garantiert von ihr ausging und sie keine Übermacht zu fürchten hatte.
Im Nu war sie über mir und ließ ihre Hüften langsam auf meine herab. Sie sah toll aus, wie sie ihre Arme aufstützte und ihre Schultern in der kühlen Morgensonne vor mir aufragen ließ. Sie ging mit ihrem Körper selbstverständlich und stolz um. Wie John Wayne, wenn er seine Hände in eine Blechschüssel mit kaltem Wasser taucht und sich den Oberkörper wäscht. Ich liebte es, mich von ihrem heißen, schweren Körper auf die Laken pressen zu lassen. Nachdem sie sich eine Weile auf mir bewegt hatte, rutschte sie plötzlich zu meinen Füßen hinab und lutschte Zeh für Zeh. Schlagartig wurde ich um einiges wacher. Ihr weicher Haarschopf kitzelte meine Knöchel. Ich schmolz dahin, meine erwachende Möse war riesig und schwarz wie der Eurotunnel. Bittebitte.
Sie kam wieder hoch, bettete ihren Kopf neben meinen und flüsterte: „Du hast so einen schönen Körper." Das schmeichelte,

reichte aber gerade nicht aus. Bittebittebitte. Sie schmiegte sich an mich und schaute mich liebevoll an. „Bitte", sagte ich. Sie zögerte, verstand, strich mit der Hand über meinen Bauch und begann mit dem Spiel. Zart, routiniert, pragmatisch, wie sie Salatblätter zerteilt. Es machte mich irre. Ich hatte schon das Stadium erreicht, in dem ich von gemischtgeschlechtlichen Footballteams träume, und ich bin der Ball. Ich wollte blaue Flecke und Knutschflecken und Kratzspuren, wenn das der Preis der Liebe war.
Ich rollte mich weg und drehte mich zur Seite. Irgend etwas war in mir erstarrt, ich haßte es, meine Abgründe zu offenbaren. Monika rüttelte sanft an meiner Schulter. Schließlich fragte sie: „He, was ist los? Was möchtest du?" „Football", zischte ich böse.
Sie fuhr noch einmal leicht mit der Hand über meine Hüfte, und dann glitt sie mit einer schnellen Bewegung zwischen meine Pobacken. Mein Hirn degenerierte zu einer hitzigen Masse aus Panik und Lust. Monika probierte allerhand kleine Perversionen an mir aus, was ich um so mehr schätzte, weil ich wußte, daß meine nicht ihre Phantasien waren. Monika träumte immer von blühenden Wiesen und erotischen Picknicks, die Glückliche. Mit einem Mal spürte ich, wie ich über die Klippe ging. Ich zuckte auf ihrer Hand, und mein Geist war ein Ozean, dessen Wellen endlos an den grauen Strand schlugen. Um so unwirklicher war es, als in das Kreisen der schreienden weißen Möwen plötzlich der Satz schnitt: „Na, du alte Nutte?"
Fast zärtlich gesprochen, aber unüberhörbar. Ich schnappte nach Luft, kam allmählich zu Atem und setzte mich mit einem Ruck an der Wand auf: „Hör mal, wie *redest* du denn mit mir!!!" Monikas Mundwinkel bogen sich vor Vergnügen: „Ich dachte, du magst das. Ich wollte dir nur einen Gefallen tun." „Ach Monika", sagte ich. Immer noch empört nahm ich sie in den Arm und drückte sie fest an mich. Es war gut, in die Welt zurückzukehren.

Bei der Therapeutin

Sibylle Kranich öffnete die Tür. „Guten Tag, Frau Schumacher." Gehorsam erhob ich mich und folgte ihr vom Warteraum in die Praxis. Frau Kranich macht ihrem Namen alle Ehre: Sie ist groß, dürr, elegant, um die fünfzig, und von ihrem Hinterkopf stehen ein paar wirre schwarze Haarsträhnen ab. Seit meine Eltern ihr Interesse an mir verloren haben, weil ich lesbisch bin, ist sie mein Muttterersatz. Ich nehme, was ich kriegen kann. Wortlos setzten wir uns. Sie sagt niemals: „Nehmen Sie doch Platz", die Regeln des Alltags sind bei ihr außer Kraft gesetzt. Ich mag es, daß sie gegen Konventionen immun ist, und gleichzeitig macht es mich wütend. So beginnt jede Stunde, donnerstags um 9 Uhr 30.
Sie starrte mir intensiv in die Augen. Ich starrte einfach zurück. Heute war ich schlecht gelaunt. Mal sehen, wer länger starren kann. Das war ja auch nicht meine erste Therapie, nein, das war bereits meine dritte - ich kannte die ganzen Tricks in- und auswendig. Seit ich mich mit fünfzehn das erste Mal in eine Frau verliebte, bin ich in Therapie. Zuerst haben mich meine Eltern reingesteckt, bei einem Therapeuten, der allen Ernstes *Mitleid* mit mir hatte, weil ich Frauen liebte. Ich war damals ein kleiner bockiger KV, und er dachte, mein Problem läge darin, daß ich nicht um Hilfe bitten könnte. Ich sollte halb in die Knie gehen und, wenn meine Sehnen zu schmerzen begännen, zu ihm sagen: „Hilf mir!" Ich bin einfach aus der Praxis gegangen und nie wiedergekehrt.
Danach habe ich es ein paar Jahre ohne Therapie ausgehalten - bis ich Katherine Hepburn begegnete. Sie saß eines Nachts an meinem Bett, strich mir sanft über die Haare und sagte mit einem bezaubernd schleppenden New-England-Akzent: „Poor child, what have they done to you!" Ihre Hand war wohltuend kühl. Ihr braunes Haar, das fein und widerspenstig wie eine Aureole von ihrem Kopf abstand, lag zu einem lockeren Zopf gebunden über dem Kragen ihrer Fliegerjacke aus *Christopher Strong*, und als ich vorsichtig die Hand ausstreckte, um es zu berühren, war sie verschwunden. Zum ersten Mal seit Jahren fühlte ich mich wohl, aber ich hätte es nicht meiner Hausärztin erzählen sollen. Sie fragte: „Ist das Ihr Ernst? Katherine

Hepburn? Die Frau ist doch schon steinalt, reist bestimmt nicht mehr und schon gar nicht in Ihr Zimmer. Wie meinen Sie das? Vielleicht ein Traum?“
Ich schwieg dann aus Vorsicht, weil sie immer bohrender fragte, aber sie konnte wohl an meinen Augen ablesen, daß ich keineswegs widerrief. Ich kam dann für vier Wochen in die Klinik. Hinterher (wieder zwangsweise) zu einer Heteratherapeutin, die echt scharf aussah und mit mir immer über Katherine Hepburn reden wollte. Was sollte ich denn sagen, ich hatte die Frau doch nur einmal gesehen. Und über Bisexualität. Ich bin nicht bisexuell. Ich bin auch nicht krank. Die Welt ist krank.
Mit Frau Kranich schließlich kam ich klar. „Sind Sie lesbisch?“ fragte ich sie unumwunden am Telefon. Am Abend vorher hatte ich wieder in der *Frau unter der Lupe*, meiner Leib-und Magen-Trostzeitung, gelesen, wie eine bekannte lesbische Schauspielerin unter der Überschrift „Nur *Schnuffi* allein!“ sagte, es gäbe vor Arbeit einfach keinen Platz für einen Mann in ihrem Leben, ihr 20jähriger Pudel sei ihr ein und alles, und wenn der stürbe, gäbe es keinen Ersatz mehr. Welch ein tragisches Schicksal. Dabei hat sie jedesmal einen Knutschfleck am Hals, wenn ich sie sehe. Ob das der greise Hund war? Als Frau Kranich jedenfalls ganz trocken „Ja“ sagte, ohne nach dem Grund für meine Frage zu fragen, war ich enorm erleichtert. Nicht alle lügen, und ich wußte irgendwie, daß darin der Schlüssel zu meiner Gesundung lag.
Nach fünf Minuten des Schweigens streckte ich die Waffen. Die Stunden bei Frau Kranich waren teuer, und ich würde mir nur ins eigene Fleisch schneiden, wenn ich diese Zeit mit kindischem Trotz vergeudete. Sie hatte den Kopf in einer eigenartigen Verrenkung auf die rechte Seite gelegt und nickte mir, als ich den Mund aufmachte, aufmunternd zu. Mal ehrlich, so ganz gesund sah sie auch nicht aus, aber sie schien die Sache im Griff zu haben. Frau Kranich hatte mich gelehrt, daß es keine völlige Gesundung gibt, nur mehr Spaß und Kontrolle. So ganz traue ich ihr jedoch nicht mehr, seit ich mal gesehen habe, wie Anja Steinhagen aus ihrer Praxis kam. Die halbe

Szene läßt sich von Frau Kranich behandeln, weil die Not groß ist und lesbische Therapeutinnen im Köln-Bonner Raum rar sind, aber was kann ihr Mitgefühl wert sein, wenn sie diesem alten Schmierfink genausoviel Anteilnahme entgegenbringt wie mir? Nimmt sie für Geld echt jede? Außerdem würde ich meine rechte Hand dafür geben, wenn ich wüßte, welcher Art genau die Probleme von Anja sind...
„Also, diese Woche war ganz gut. Ich bekomme zwei ganze Seiten im *Großen schwul-lesbischen Gartenbuch. Schwule und Lesben gärtnern anders*, das von *HUST* herausgegeben wird. Ich mache die Balkonpflanzen." Frau Kranich nickte freundlich. Sie lobt mich nie. Sie hat was von einem Yogi - ob sie sich ihren Gleichmut durch Meditieren auf Haarbürsten erworben hat? Ich erzählte in einem Sturzbach alles, was sich über die Tage ereignet hatte. „Bis auf gestern, da hat Monika wieder eine ihrer Attacken bekommen."
Ihr Augenausdruck veränderte sich ins Besorgte, eine schmale Falte setzte sich zwischen ihre Augenbrauen. „Wir waren bei einer Freundin und haben Fernsehen geschaut. Da kam Helmut Kohl in der Tagesschau, und plötzlich brüllte Monika, der Sack wäre ein Faschist, weil er unsere Wirklichkeit manipulierte, er wolle, daß wir tot wären, undsoweiter. Es war gruselig. Wir wußten irgendwie, was sie meint, aber ihre Reaktion war schon paranoid. Da habe ich sie einfach in ein Taxi gesetzt und der Fahrerin die Adresse gesagt."
„Gut, das war häßlich, aber was hätte ich denn tun sollen? Sie in ihre eigene Klinik einliefern lassen?" Ich weinte. Die Tränen spritzten mir fast aus den Augen, und meine Nase begann zu laufen. Sie reichte mir ein Taschentuch.
„Und seitdem habe ich das Gefühl, mein Busen versteinert. Ich habe neulich in einer Illustrierten gelesen, daß sich bei einigen Frauen Kalk im Busen ablagert, was dann häufig zu Brustkrebs führt. Und jetzt habe ich das Gefühl, mein Busen wird erst zu Marmor, und dann nehmen sie ihn mir ab wie einen Gipsabdruck."
Schluchzend vor Selbstmitleid drückte ich mir das Taschentuch aufs Gesicht. Ich begann schon im Kreis zu reden, um mich

zu beruhigen. Was mache ich hier eigentlich? Kann sie nicht für hundert Mäuse wenigstens ein einziges Mal den Mund aufmachen? Auf der anderen Seite hatte ich zeitlebens weniger Ärger mit ruhigen Leuten gehabt als mit redseligen. Die meisten Worte werden sowieso nicht zum Guten verwendet. Schweigen dagegen wirft mich oft auf meine eigenen Kräfte zurück, statt daß ich andere für meine Rettung rekrutiere. Deswegen hatte ich mir auch Monika ausgesucht. Bloß wenn sie mal redete, so wie gestern, war es fürchterlich. Was ich durch tägliches Jammern abbaue, staut sich bei ihr wie in einer Talsperre auf. Der Fehler ist, daß Butches zu wenig über sich wissen, und das macht sie labil. Jetzt entschloß sich Frau Kranich zu reden. Therapie bei ihr ist ein eigenartiges Ritual, wie das Sich-Verbeugen der Gegner vor einem Judokampf. Wenigstens konnte ich mir sicher sein, daß sie nicht *Das war ganz schlimm für Sie, was* sagen würde, wie ihre Vorgängerin.
„Gut, daß Sie sie rausgesetzt haben“, sagte sie mit Nachdruck und nickte ermutigend.
„Ist das alles, was Sie anzubieten haben? Nicken und blöde Sprüche?“ Ich wurde wütend. Sie konnte mich nicht raussetzen, ich bezahlte sie, und außerdem war ja bekannt, daß Irre gelegentlich die Beherrschung verlieren. Sie mußte daran gewöhnt sein.
Nur den Bruchteil einer Sekunde huschte Überraschung über ihr Gesicht, dann war sie wieder die Ruhe selbst.
„Was wollen Sie denn, Frau Schumacher?“
„Trost. Hoffnung. Wärme. Sie bieten mir nichts davon.“
Sie legte einen langen hageren Zeigefinger an ihre Schläfe, was sie immer tut, wenn sie sich besonders konzentriert. Er erinnert mich seit jeher an Hänsel, der von der Hexe bloß noch nicht geschlachtet wird, weil er ihr ein Stück Holz durch die Gitterstäbe steckt. Hagerkeit lag einfach außerhalb meines Vorstellungsvermögens. Bei hageren Leuten sieht die Lebenskraft immer gleich viel konzentrierter aus.
„Die Wahrheit ist: Es gibt keinen Trost. Und das ist ein Trost.“
Das klang wie eines dieser teuflischen Zen-Rätsel à la *Höre das Klatschen der einen Hand.*

„Wo soll darin Trost liegen?" Noch immer quoll mir das Leid aus Nase und Augen, bloß nicht mehr heftig, sondern stiller, gleichmäßiger.
„Sie sind jederzeit von Krankheit, Armut, Wahnsinn und Tod umgeben, und entweder, Sie schaffen es, sich die Dinge vom Leibe zu halten, oder Sie schaffen es nicht."
Jetzt wußte ich, wie der Hase lief.
„Sozialdarwinismus?"
„Nein, ich wollte Ihnen bloß vor Augen führen, daß die Dinge sehr einfach sind. Haben Sie Mitgefühl mit sich selbst und anderen, aber verlieren Sie sich nicht darin."
„Und warum müssen Lesben so leiden?"
Warum gibt es Leid, an dem manche schwer tragen und andere zerbrechen. Warum geht Monika alle paar Monate aus dem Leim? Warum hat sich Claudia mit vierzig aus Einsamkeit umgebracht, und keine von uns war für sie da, weil wir alle Kraft für unser eigenes Überleben brauchten. Warum wollte ich mit fünfzehn sterben. Warum will ich manchmal wieder sterben. Was hat Helmut Kohl gegen mich, daß ich ihm als Wählerin so gleichgültig bin? Ich kam mir vor wie ein homosexueller Hiob, der mit Gott rechtet.
„Das wissen Sie doch selbst. Und Sie kämpfen nach Kräften dagegen an."
„Aber Sie wissen genau, daß ich ein metaphysisches *Warum* meine."
Sie zuckte nur mit den Achseln.
„Das kann ich Ihnen nicht liefern. Das wissen Sie auch."
Ich weiß daß Sie wissen daß ich weiß. Ich wollte auf ein Kissen einprügeln und dabei schreien: „Ich hasse meine Mutter". Mir war nach Tiefschlägen wie *Mit Ihrem Kaschmirfummel wäre ich vielleicht auch besser gegen Unglück gewappnet*, aber erstens trug ich selber einen Kaschmirpullover (für den ich allerdings vier Wochen in einer Versicherung Briefe eingetütet hatte), und zweitens würde sie dann gar nichts mehr sagen, und ich brauchte dringend Antworten.
Als hätte sie meine Gedanken gelesen, schaute sie mir mit warmem Spott in die Augen und sagte: „Ein paar Wahrheiten

kann ich Ihnen natürlich geben. Ich persönlich finde, der Sinn des Lebens liegt in Kaschmirfummeln. Oder in der groben Baumwolle, die *IKEA* für Bettbezüge verarbeitet. Es kommt nur darauf an, daß es sich gut anfühlt. Und in Monika, die Sie gleichzeitig tierisch gut vögelt und strapaziert."
Sie legte in einem beängstigenden Winkel den Kopf auf die andere Seite und stützte den scharfen Wangenknochen in ihre Linke. Wenn sie mit diesem Tick fünfzig geworden ist, kann ich das auch, dachte ich plötzlich, und meine Augen begannen zu trocknen.
Sie blinzelte mir zu und sagte dann bedächtig, als würde sie ein großes Geheimnis verraten:
„Wann immer Sie zu Tode betrübt sind - kaufen Sie sich eine Rose, stellen Sie sie auf den Schreibtisch, und Sie sind gerettet."
„Und das wirkt?" fragte ich verblüfft.
„Aber ja. Ich verrate es bloß nicht jeder, sonst könnte ich meine Praxis dichtmachen."
Schlagartig war meine Laune besser. Ich hätte Bäume ausreißen können vor bloßer Freude, am Leben zu sein. Das Gute an der Labilität ist, daß es dir mit einem Mal ebenso schnell gut wie schlecht gehen kann.
„Mmmmmh." Dieses beruhigende Summen war immer das Zeichen, daß die Stunde um war. Hoffentlich stand nicht wieder die dumme Steinhagen vor der Tür, wenn ich rauskam; ich wollte meine kostbare gute Laune noch ein wenig behalten. Sie richtete den Kopf mit einem Ruck wieder gerade, und ich war wie immer erleichtert, daß sich keine Arterie abgeklemmt hatte. Wir standen beide auf, sie brachte mich höflich zur Tür und schüttelte mir die Hand. „Wie gesagt, das bleibt unter uns, Frau Schumacher, nicht wahr?" - „Aber ja", versicherte ich ihr euphorisch und verschwand mit einem leichten *Adieu* in den Nieselregen von Poppelsdorf. Weit und breit keine Anja Steinhagen. Wenn meine Störungen nur noch aus eigenartigen Verrenkungen bestünden, wäre ich schon zufrieden, und mit diesem Gedanken sauste ich in den nächsten *Kaufhof*, um Stoffe zu befühlen.

Anjas Probleme

„Entschuldige mich“, krächzte Anja Steinhagen und rannte würgend aus dem Schlafzimmer.
Birgit konnte vom Bett aus hören, wie die Tür zum Bad zugeschlagen wurde. Sie trommelte frustriert mit den Fingern aufs Laken und wartete auf ihre Rückkehr. Nach ein paar Minuten kam Anja, bleich wie der Tod, ins Zimmer gewankt. Wortlos legte sie sich wieder ins Bett. Birgit wartete ein paar Anstandssekunden, aber dann konnte sie sich nicht länger beherrschen.
„Anja, ich weiß, daß du nicht drüber reden willst, aber allmählich mache ich mir wirklich Sorgen.“
Anja regte sich nicht, einen Arm über die Augen gelegt.
„Irgendetwas stimmt ganz und gar nicht mit dir. Du kotzt seit Wochen wie Lady Di, wenn dir etwas auf die Seele schlägt. Was sagt denn deine Therapeutin dazu?“
Aus dem Kissenberg drang ein höhnisches Kichern.
„Ich weiß, daß bei dir auf der Arbeit gerade total viel los ist, aber du kannst dich schließlich nicht totarbeiten! Wenn`s gar nicht hilft, dann laß dich doch mal eine Weile krankschreiben! Du bist ja fast schon wie einer dieser Japaner, die im Büro übernachten, und ich brauch’ dich noch ‘ne Weile, verdammt.“
Anja drehte sich von ihr weg auf die Seite und zog die Decke fester um sich.
„Oder liegt’s an uns? Bist du unzufrieden?“ Birgit wußte, daß Beziehungsdiskussionen schweres Geschütz sind, aber sie wollte ihre Lebensgefährtin um jeden Preis dazu bringen, sich zu offenbaren. Keine Antwort.
Sie wagte es und kuschelte sich dicht hinter Anja. Mit einer Hand strich sie ihr behutsam durch das dichte, dunkle Haar.
„Außerdem verlierst du auch äußerlich die Form. Ich liebe dich, ich weiß, daß du etwas füllig bist, schon von Natur aus, schon immer gewesen. Aber ich glaube, du frißt irgendwas in dich hinein. Das kann so nicht weitergehen!“
Sie machte eine Pause, um auf Antwort zu warten.
Wie auf ein Stichwort langte Anja mit einem Arm über die Bettkante und griff in eine große Papiertüte vom Kiosk. Sie steckte sich eine *Saure Gurke* in den Mund und kaute mit einem leisen Schmatzen.

Birgit beobachtete sie mit einer Mischung aus Ekel und Mitgefühl. „So benimmt sich doch kein normaler Mensch! Wenn ich's nicht besser wüßte, würde ich sagen, du bist schwanger!"
„Bingo", ertönte es zwischen gierigen Kau- und Schluckgeräuschen.
Jetzt war es an Birgit, ins Bad zu rennen.
Nachdem sie ihr Gesicht etwa fünf Minuten unter kaltes Wasser gehalten hatte, fühlte sie sich etwas besser. Sie setzte sich aus Platzmangel auf den Klodeckel, um nachzudenken, aber sie war keines klaren Gedankens fähig. Sie zählte die Telefonnummern sämtlicher Liebhaberinnen auf, die sie je gehabt hatte - fünf -, um zu sich zu kommen. Vermutlich wäre es das Sinnvollste, sich erstmal mit Anja zu unterhalten. Vielleicht handelte es sich um einen Witz; Anja hatte einen rüden Sinn für Humor.
Anja saß quietschvergnügt am Kopfende, züchtig die Decke über dem Busen, und stopfte den widerlichen Inhalt der Papiertüte ohne die mindeste Zurückhaltung in sich hinein. Sie lächelte Birgit an, wurde aber immer nachdenklicher, je länger sie sie anschaute. Birgit stand um Jahre gealtert im Türrahmen.
„Freust du dich?" wagte Anja schließlich zu fragen.
Birgit sagte nichts, aber sie sah gar nicht gut aus. Sie sah offengestanden so aus, als würde sie gleich den gesamten Hausrat kurz und klein schlagen. So hatte Anja sie in zehn Jahren Beziehung noch nie gesehen. Besser nicht provozieren, dachte Anja kleinlaut. Sie beschloß, erstmal gar nichts zu sagen.
Birgit starrte sie mit düster zusammengezogenen Augenbrauen an.
Sie öffnete unter großer Anstrengung den Mund.
„Wer?" fragte sie schließlich, die Silbe vor Anstrengung in die Länge ziehend.
„Wer?" fragte Anja liebevoll zurück, weil sie glaubte, die Situation würde sich entspannen. Als sie aber merkte, daß Birgit immer noch unheimlich aussah, schwor sie sich, auf rhetorische Fragen und sonstige Spielchen zu verzichten.

„Sven?" preßte Birgit zwischen knirschenden Zähnen hervor.
„Ach Gott, Birgit! Als ob ich jemanden vögeln würde, der Sven heißt!"
Okay, für Witze schien auch noch nicht die Zeit zu sein....
„Kennst du wenigstens sein Testergebnis", fragte Birgit tonlos.
„Daß du ihn seit Jahren aus dem *SCHULZ* kennst, ist kein Argument, im Gegenteil."
„So beruhige dich doch. Es war nicht Sven, da kannst du Gift drauf nehmen. Es war auch nicht Tom oder Wolfgang oder Michi. Niemand, den du kennst."
Birgit sah schon etwas beruhigter aus.
Ermutigt durch diese Entwicklung setzte Anja noch einen drauf:
„Offengestanden kenne ich ihn selber nicht."
„DU KENNST IHN SELBER NICHT??????" brüllte Birgit fassungslos. Ihre Stimme hallte durchs ganze Haus. „DU VÖGELST UNGESCHÜTZT MIT EINEM WILDFREMDEN MANN???? WEISST DU NICHT, WIE GEFÄHRLICH DAS IST???" Sie begann, ihre Stirn monoton gegen die Wand zu schlagen.
„Laß das, Birgit. Du beraubst das Kind ja seiner Ernährerin.", sagte Anja vorwurfsvoll und strich sich die letzten Zuckerkrümel vom Kinn.
„Ach ja, wer soll das Kind denn ernähren???" brüllte Birgit zurück.
„Schau dich mal um - wir massakrieren uns schon zu zweit fast auf 50 Quadratmetern, und etwas Größeres können wir uns gerade partout nicht leisten. Mußt du es denn unbedingt gerade jetzt bekommen?"
Jetzt starrte Anja sie fassungslos an.
„*Es*?! Was soll das sein, die lesbische Variante von *Laß es doch wegmachen*? Du spinnst ja! Niemals, Birgit! Wirklich NIE-MALS, hörst du! Mal ganz abgesehen vom Ideellen - ich habe zweitausend Mark für das Zeug bezahlt! Da spare ich monatelang auf Sperma, und jetzt soll alles umsonst gewesen sein? Vergisses!"
Birgit starrte Anja an, als wäre sie eine Fremde. Sie war wieder an dem Punkt, wo ihr gebetsmühlenartig durch den Kopf

ging: „Wenn ich schon 1986 gewußt hätte, wie sie ist". Auf der anderen Seite war es immer aufregend mit Anja, deshalb hatte sie sich auch damals in sie verliebt. Aber trotzdem, diese Skrupellosigkeit war eindeutig eine neue Dimension. Plötzlich kam ihr eine wahnwitzige Idee.

„Sag mal, was genau war in den kleinen Paketen aus Amerika, die Frau Schmitz immer bei uns abgab?" sagte sie langsam.

Anja hatte sich schon gewundert, daß der Groschen nicht eher gefallen war, aber Birgit war in gewisser Hinsicht eben einfach gestrickt. Sie mußte breit grinsen.

„Du hast einfach Sperma aus Amerika BESTELLT, wie eine Bluse beim *Otto-Versand???*"

„Ja, stell dir vor, die Samenbank hatte ein Sonderangebot: *two for one*, das heißt zwei Sperma-Portionen zum Preis von einer, weil der Vater *a deaf jerk*, ein tauber Scheißkerl, wäre. Da das viele Männer sind, habe ich mir nichts weiter dabei gedacht und einfach zugegriffen."

Birgit röchelte.

„Und was, glaubst du, können wir einem Baby geben?"

„Liebe", entgegnete Anja ganz ernsthaft.

„Bei deiner Art von Liebe solltest du schon jetzt anfangen, auf eine Therapie für das Kleine zu sparen."

„Habe ich schon." Anja lehnte sich befriedigt zurück und räkelte sich. „Bausparvertrag *LBS Vario*. Als ob ich nicht wüßte, was Verantwortung ist."

Begleitet von ihrem berüchtigten *Keine Diskussion*-Blick aus sanften, großen, braunen Augen gab sie Birgit, die sich ermattet auf der Bettkante niedergelassen hatte, einen leichten Klaps.

„Und jetzt, Schatz, geh doch bitte mal in den *Plus* und hole ein Glas echte Gurken. Ich hatte das Versteckspiel schon seit längerem satt."

Der Fluch

Immer wenn ich bei einer anderen Frau liegen will, und zwar nicht aus Ungenügen an meiner eigenen Freundin, sondern weil andere Mütter eben auch schöne Töchter haben, passiert irgend etwas Furchteinflößendes. Ich traue mich schon gar nicht mehr, eine andere Frau anzusprechen, aus Angst, ich könnte ihr Schaden damit zufügen. Direkt noch harmlos waren diese hartnäckigen moosgrünen Furunkel am Unterleib, die Petra angehext wurden. Weitaus schlimmer war es bei Doro - das erste Mal überhaupt, daß der Fluch auftrat.
Doro war eine dieser Frauen, von denen ich einfach nicht die Finger lassen kann: eine gerade mal zwanzigjährige Babybutch, die scheinbar cool, doch insgeheim butterweich darauf wartete, von einer erfahrenen Femme verführt zu werden. Ich werde bald dreißig und möchte es für die nächsten zehn Jahre auch bleiben, und wenn ich mein Geburtsdatum im Paß fälsche.
Doro hatte die pumucklroten Haare mit etwas, das nach *UHU* roch, in die Höhe gekämmt, die Seiten waren abrasiert. In der rechten Augenbraue steckte ein silbernes Piercing, das wie eine kleine Hantel geformt war. Niedlich! Auf einer Stollwerck-Disco stellte sie mir quasi ein Bein, und ich ließ mich willig in ihre nahegelegene Wohnung abführen. Ich gab ihr die Aufmerksamkeit, die sie brauchte.
Aber als ich mich schnurrend ihrem Hintern näherte, passierte es: „AAAAAAAAH!" brüllte Doro und sprang splitterfasernackt aus dem Fenster, das zum Glück im Erdgeschoß lag.

Verdutzt lag ich im Bett und versuchte, meine Gedanken zu ordnen. So schnell hatte mich noch keine Liebhaberin zurückgelassen! Ob Doro einen kleinen Knall hatte? Sie kam auch nach einer Viertelstunde nicht wieder, und ich überlegte, wie die Passanten der Severinstraße wohl auf eine nackte Frau, die brüllend an ihnen vorbeiflitzte, reagierten. Sie rief mich auch nie an, obwohl ich ihr meine Telefonnummer zugesteckt hatte. Ehrlich gesagt machte sie, wenn wir uns später auf Frauenfeten sahen, einen weiten Bogen um mich und grüßte mich nicht einmal. „Gott, mußt du lausig gewesen sein...",

murmelte ich beschämt, als ich mich langsam anzog und schließlich die Wohnungstür hinter mir zuzog.
Als ich nach Hause kam, hackte Monika gerade Möhren klein. Ich blieb im Türrahmen stehen und räusperte mich zaghaft.
„Hallo Schatz, wie war dein Tag?", fragte sie ruhig, ohne vom Schnippeln aufzusehen.
Auf der Fensterbank lag bäuchlings ein kleines Wachspüppchen. Das Wachs um die Stopfnadel, die in seinem Hintern steckte, war ein wenig geschmolzen. Und woher stammten diese brennend roten Stoppeln auf dem Kopf?

Busfahrt nach Paris

„Naaaaa? Wie war's??"
„(Stöhn)"
„...Heidi?"
„Morgen, Suse."
„Hab' ich euch etwa geweckt? Ich dachte, gegen elf kann ich's mal versuchen."
„Ist schon in Ordnung. Wir sind bloß erst gegen drei nach Hause gekommen, und ich hab' nicht mehr die Kraft wie vor zehn Jahren. Vor allem tut mir der Po vom vielen Sitzen weh."
„War also doch keine so gute Idee, euch ein Wochenende in der Stadt der Liebe zu schenken?" Ich grinste. Meine beste Freundin Ute, ihre Schwester und ich hatten unser Geld zusammengetan, um ihre Eltern zum 30jährigen Hochzeitstag mit einer Busreise nach Paris (inklusive einer Übernachtung) zu überraschen.
„Doch, es war herrlich, aber ein zweites Mal fahre ich nicht mit *Regenbogen-Touren*! Alles, was recht ist!"
„War der Service nicht gut?"
„Doch. Aber als wir einstiegen, fuhren schon mal nur junge Leute mit. Wir waren die einzigen über vierzig."
„Haben sie euch mit Techno-Musik genervt?"
„Im Gegenteil. Die ganze Zeit nur Schlager: Gitte und Daliah Lavi. Wenn du nicht schon mal eine Nacht mit *Ich bin die Frau, die dich liebt* durchstanden hast, weißt du nicht, was Schmerz ist."
„Ja, die sind jetzt wieder schwer in."
„Neben Günter, auf der anderen Gangseite, saß ein junger Mann, der durch ein kleines Loch in der Unterlippe pfeifen konnte, nachdem er den silbernen Ring herausgenommen hatte. Das war wirklich lustig."
„Ein Piercing?"
„Ja, genau. Und vor uns auf der linken Seite saßen eine Reihe kahlköpfiger Männer mit großen Holzkreuzen auf den Nebensitzen."
„Oweia..."
„Nach einiger Zeit hatten wir jedenfalls heraus, daß wir die einzigen Heteros im Bus waren. Alle anderen waren zu einer

Veranstaltung unterwegs, die *Europride* hieß."
„Mit Holzkreuzen??"
„Ja, das waren die schwulen SM-Christen aus Bremen. Ich habe mich schließlich getraut, mal einen zu fragen. Stell dir nur vor, sie wollten die Dinger den ganzen Paradeweg über schleppen! Ich mähe bei der Hitze noch nicht mal den Rasen."
„Wenn schon, denn schon."
„Vermutlich hast du recht."
„Und wie war das Hotel *Albertine*?"
„Bonbonrosa. Sehr gepflegt, aber alles in Rosa - sogar die Frühstücksmarmelade!"
„Ach komm, das denkst du dir aus! Das ist doch ein Klischee!"
„Ich kann es beweisen! Günter hat ein paar Döschen mitgehen lassen, so begeistert war er davon!"
„Na gut. Und wie war Paris sonst so?"
„Toll! Wir haben auf der Ile de France Forelle gegessen und zwei wunderbare Ausstellungen gesehen ... allerdings brauchten wir fast zwei Stunden, um den zehnspurigen Kreisverkehr rund um den Arc de Triomphe auszutricksen."
„Heidi! Da gibt es eine Unterführung!"
„Na und, kann ich Französisch?!"
„Habt ihr denn etwas vom *Europride* mitbekommen? Das muß beeindruckend gewesen sein! Ich wäre total gerne mitgelaufen."
„Diese Pariserinnen wären sowieso nichts für dich gewesen. Die gehen dir doch nur bis zum Bauchnabel, da hat man ja nichts im Arm."
„Meine liebe Heidi, ich wollte in Paris nicht *rummachen*, sondern meine Identität als Lesbe und Europäerin feiern!"
„Sag' ich doch."
„Ihr habt also nichts davon mitbekommen?"
„Im Louvre waren sie jedenfalls nicht. Aber die Rückfahrt war wieder heiß."
„Inwiefern?"
„Ach, alle waren entsetzlich überschwenglich und verkatert. Kennst du übrigens das Lied *Der geilste Arsch der Welt*?"
„Ja, leider."
„Das lief häufig, außerdem ein Lied namens *Mädels, ich muß*

strullen... könnte diese Hella von Sinnen gewesen sein..."
„Hör auf, bitte..."
„Ein Mann hat sich in dem Mittelgang übergeben, und ein junges Mädchen weinte die ganze Nacht hindurch um den Verlust einer gewissen Geneviève. Nur die Christen aus Bremen haben tief und fest geschlafen."
„Das ist ja kein Wunder."
„Ich habe die mir auch beim Aussteigen mal genauer angeguckt. Die hatten richtig Muskeln. Ich hab' mir überlegt, was wohl unsere Nachbarn sagen würden, wenn ich Günter mit so einem Kreuz auf den Schultern ums Haus laufen lassen würde..."
„(Stöhn)"
„Du Suse, ich hab' gerade was im Backofen, und ich muß das jetzt mal rausnehmen. Also nochmals ganz herzlichen Dank für die Reise! Das war richtig aufregend."
„Heidi, diese Leute sind meine Familie!"
„Und du weißt ja, wie das mit Familie ist: gut dosieren."
„Da hast du recht. Mach's gut, grüß Günter!"
„Ja, grüß du auch Monika. Tschüüüß!"

Bergheim brennt

Was für Pädophile Kinderspielplätze sind, sind für mich die Kaffeekränzchen der Mütter meiner Freundinnen. Ich liebe gestandene Frauen. Wie mal irgend jemand sagte: Ab fünfzig begännen die besten Jahre im Leben einer Frau - die Kinder wären aus dem Haus und die Schwiegereltern tot. Vor allem Bäckereien ziehen mich magisch an. Wenn ich dann von einer großbusigen Matrone hart, aber herzlich angefahren werde: „Junge Frau!", begleitet von einem tadelnden Blick, der einem aber auch gar nichts durchgehen läßt und mich allein aufgrund meiner Jugend als Taugenichts anklagt... Das geht durch und durch.
Als Charlotte und ich letztes Jahr in den Wintermonaten im „Interessenverband katholischer Besserverdienender" am Ubierring jobbten, wimmelte es nur so von Frauen in den besten Jahren. Wir arbeiteten fast drei Monate dort. Ich hatte mich, als wir die Anzeige lasen, gefragt, wozu um Himmels willen diese Männer noch einen Verband brauchten, wo ihnen sowieso schon halb Köln gehörte. Es ging ihnen doch nicht schlecht, warum mußten sie sich auch noch zusammenschließen. Aber Charlotte sagte, ich sei wie immer total naiv - die Macht wolle schließlich auch erhalten werden. De facto ist die Etage eine einzige Kanzlei zur Verwaltung ihrer Güter. Wir zehn Frauen kamen uns in dem Großraum-büro vor wie in der mittelalterlichen Schreibstube eines Klosters. Unsere Chefs hießen nur „die Herren", namenlos, smart und keinen Deut an uns als Menschen interessiert, aber sie waren zum Glück kaum anwesend. Zwischen uns und dem Paradies der Damen stand allerdings Herr König, der Büroleiter. Frauen kann man ja nicht alleine arbeiten lassen, dann bricht die Anarchie aus (womit die Herren übrigens völlig recht hatten).
Wenn ich Pech hatte, hatte er mal wieder meinen Namen vergessen und brüllte aus seinem Büro durch den ganzen Raum: „Frau Dingsbums!" Ich stellte natürlich die Ohren auf Durchzug und antwortete, wenn er irgendwann dampfend vor Zorn vor meinem Schreibtisch stand, mit einem unschuldigen Augenaufschlag: „Schumacher, Herr König, ich heiße Schumacher." Seine Wut berauschte mich, aber nach fünf Wiederholungen ließ auch diese Wirkung nach, und ich war nur noch genervt.

Charlotte heißt übrigens „Przyslkowski“ mit Nachnamen, aber sie nannte er nie „Frau Dingsbums“. Das gab mir schwer zu denken. Charlotte, wie immer total praktisch, machte einfach ihre Arbeit und verzog sich, wann immer sich ihr Möglichkeit dazu bot. Ich aber hatte mich nach vier Tagen bereits geoutet, als ich meinen Pullover auszog und vergessen hatte, daß ich darunter ein T-Shirt mit der Aufschrift „Lesben sind ein Stück Lebens-qualität“ trug. Charlotte fauchte mich schrecklich an: „Das Betriebsklima ist auch ohne Lesbenwitze schon unangenehm genug - mußte das sein?!“ Aber sie sollte schon bald das Nachsehen haben, denn bald war ich der Liebling des ganzen Büros. Die Frauen fanden es anscheinend aufregend, eine Lesbe unter sich zu haben, und es entsponn sich ein zarter, aber spürbarer Flirt. Sie dachten vielleicht: „Uhhh, eine, die auf uns steht, aber ohne die unangenehmen Nebenwirkungen von Männern!“
Vor allem eine Frau war mir aufgefallen. Sie hieß Agnes Weyergraf. Irgendwie war sie etwas Besonderes. Sie war um die fünfzig, mittelgroß, brünett und verbreitete die feine, nervöse Energie von Menschen, die traumatisiert sind, die innerlich auf und ab laufen wie Tiere im Käfig. Ich habe nie herausbekommen, warum sie traurig war. Ich habe nie etwas über ihre Geschichte, ihre Familie, Geliebten, Kinder etc. erfahren. Nur einmal sah ich sie auf dem Parkplatz in einen grauen Mercedes steigen und konnte gerade noch einen Blick auf eines dieser in Köln berüchtigten „BMer“-Kennzeichen werfen. BMer, das sind angeblich diese Dorftrottel, die an den Wochenenden Köln zum Einkaufen und Discobesuch heimsuchen und die kleinen Kinder überfahren. Jetzt wußte ich wenigstens, daß sie irgendwo im Kreis Bergheim wohnte.
Ich mochte sie sofort, und ich glaube, ich fand sie auf Anhieb scharf. Sie trug schlichte Pullover mit rundem Ausschnitt, nur daß direkt auf dem Dekolleté immer irgendein seltsamer Eyecatcher glänzte, wie zum Beispiel der Aufdruck „SAFARI“, unter dem kleine Elefanten mit erhobenen Rüsseln quer über ihren nicht gerade unscheinbaren Busen trotteten. Oder einfach nur: „MEET ME“. Gerne, dachte ich mit einem heimlichen

Seufzer, während mir kleine Stromstöße bis in die Zehenspitzen fuhren.
Das führte dann dazu, daß ich mit fast militärischem Drill sofort aufstand, sobald sie sich meinem Schreibtisch näherte, damit ich nicht die kleinen Elefanten in Augenhöhe sehen mußte. Ich wollte sie nicht in Verlegenheit bringen, und außerdem tanzten vor meinem inneren Auge warnende Schlagzeilen wie „PERVERSE LESBE BELÄSTIGT ARBEITSKOLLEGIN!“ Sie schenkte mir dann jedes Mal ein kleines, flüchtiges Lächeln, bevor sie mich um irgend etwas bat. Ihre Stimme war warm und leise, aber nie ohne Autorität.
Die strategische Schwachstelle der Etage war der Flur zu den Toiletten, auf dem zugleich Kopierer, Fax und einige Regale mit Akten, die nicht mehr in den Archivraum paßten, standen. Eines Tages passierte das Unfaßbare. Es war kurz vor Weihnachten, und der Streß war enorm. „Unglaublich, wie dich ein paar katholische Millionäre herumscheuchen können!“ fluchte Charlotte. Wir mußten uns unsere Pausen regelrecht stehlen. Ich raste zum Klo, beeilte mich, wusch mir die Hände, rauschte wieder hinaus und - blieb zwischen Frau Weyergraf und dem Kopierer stecken. Busen an Busen. Gerade, als ich daran dachte, mir vor Scham die Kugel zu geben, entdeckte ich wieder dieses spöttische Lächeln in den Fältchen ihrer Augenwinkel. Da verlor ich die Kontrolle und küßte sie auf die Lippen. Dann befreite ich mich mit einer geschickten Drehung und ergriff die Flucht. Gottseidank war es kurz vor Arbeitsschluß, und mein Fehlen fiel nicht weiter auf. Das war der Anfang. Wir küßten uns, wann immer es möglich war, ohne den Verdacht der anderen zu erregen, was sich als nicht einfach erwies. Charlotte hatte es mit ihrer feinen Lesbennase sofort herausgefunden und strafte mich nur mit vernichtenden Blicken. Wir küßten uns bei den Mülltonnen hinter dem Haus. Wir küßten uns am Handwaschbecken vor den Toiletten. Wir küßten uns im dämmrigen Archivraum. Sie trug rosa Lippenstift, und ihre feine helle Haut war weich und gepflegt. Wir redeten nie beim Küssen. Wir fuhren mit den Lippen über die Augen, Wangen, Stirn, Haaransatz der anderen,

bis wir jedes Detail auswendig kannten. Aber es gab eine unsichtbare Grenze. Was sich unterhalb der Elefantenparade befand, sollte ich nie erfahren, und diese Unkenntnis bricht mir noch heute das Herz.

Ich hatte nie ein schlechtes Gewissen gegenüber Monika, weil in meinen Augen ja eigentlich nichts passiert war. Monika sah das anders, als sie eines Tages, wie in einem schlechten Illustriertenwitz, Lippenstift an meinem Hemdkragen entdeckte. Das war der Auftakt zu endlosen Monaten voller Streit, die prophezeiten, daß sich unsere Beziehung dem Ende zuneigte. Allerdings war mir nun auch das Küssen mit Agnes verdorben, weil die verstohlene Unschuld, sein Hauptreiz, dahin war. Als ich am Morgen nach Monikas Entdeckung wieder ins Büro kam und sie mich bat, ihr doch einige Akten aus dem Archiv zu holen, lehnte ich mit einem nur für sie sichtbaren Kopfschütteln ab. Sie verstand sofort, denn ihre Augen wirkten für einen Moment trauriger und spöttischer, als ich sie je gesehen hatte. Es war so schade, weil sie ja nichts dafür konnte, aber alles hat seine Zeit, und das wissen ältere Frauen wahrscheinlich noch besser als ich, obwohl es jedesmal wehtut.

Ende März war es sogar für die Kölner Bucht außergewöhnlich warm. Man konnte wieder an den Frühling denken, Zeit für Charlotte und mich, uns abzuseilen und uns wieder auf unsere andere Arbeit zu konzentrieren, zumal wir finanziell inzwischen saniert waren. Alles wirkte freundlicher, mein Name schien sich Herrn König inzwischen ins Gedächtnis gebrannt zu haben und wurde von ihm sogar nur noch verwendet, wenn er direkt vor mir stand. Als wir uns verabschiedeten, forderte Charlotte unsere Kolleginnen mit ungewohnter Fröhlichkeit dazu auf, sich doch den Christopher Street Day anzuschauen, was mir echt die Sprache verschlug. Agnes gab mir zum Abschied die Hand, drückte sie fest und fuhr kaum merkbar mit dem Daumen über meinen Handrücken. Aber alles schrie nach Aufbruch, und ich dachte bald nicht mehr an eine ältere Frau mit rosa Lippenstift. Aber seitdem kann ich nicht mehr über BMer-Witze lachen und lege sogar heftigen Protest gegen sie ein.

Geh, wohin dein Herz dich fegt

Monika hatte mich verlassen. Ich erkannte das daran, daß unsere Dildokollektion halbiert war, als ich nach Hause kam. Exakt halbiert, fifty-fifty. Sie hatte Oscar Wilde und Cornelia mitgenommen, und mir hatte sie k.d. und den finnischen Tom gelassen. Das tat so weh. Sie hätte mich wegen des Sorgerechts fragen können, oder? Oscar, eine kleiner dicker Delphin aus hellblauem Silikon, würde mir besonders fehlen. Er sah irgendwie immer so verloren aus.
Die daraufhin einsetzende Depression schrie förmlich nach Selbsterniedrigung. Ich brauchte eine kleine Besessenheit, in der ich genau das ausdrücken konnte, wie ich mich gerade fühlte: wie ein Stück Dreck. Nach dem Objekt der Besessenheit brauchte ich nicht lange zu suchen: Vreni, die stämmige Schweizer Besitzerin meines schwullesbischen Lieblingsrestaurants im Belgischen Viertel, dem Kap Horn. Jedesmal, wenn sie vor mir stand, blieb mir die Luft weg. Es war pure Chemie.
Und wie sollte ich mich ihr nähern? Vreni suchte ab und zu Bedienungen, aber zum Kellnern taugte ich einfach nicht. Ich hatte zwei linke Hände. Die Berner Röstis würden mir hinfallen, die steife Schokolade auf die Untertasse schwappen, und unter Zeitdruck bin ich sowieso völlig unfähig zum Kopfrechnen. Gut, ich wollte mich ja demütigen, doch bitteschön genau kalkuliert - ich hatte nicht die Absicht, mich unfreiwillig vor Vreni zum Deppen zu machen.
Die Lösung kam, als ich mit Charlotte an einem Karnevalssonntag in Vrenis Restaurant saß. Vreni hatte sich bei der Einrichtung in edlem Mahagoni und Messing ausgetobt. Über unseren Köpfen hing ein ausgestopfter Haifisch. Annemarie, eine Lesbe aus Kasachstan, die seit einem Jahr in Köln war, aber schon eifrig die Finessen der hiesigen Lesbenszene beherrschte, bediente gerade. Sie hatte einen leichten Schnupfen, und Charlotte bot ihr eine Vitamin C-Brausetablette an. Annemarie nahm sie und steckte sie in den Mund. Charlotte und ich sahen fasziniert zu, wie Annemarie sie, ohne mit der Wimper zu zucken, auflutschte. Ab und zu trat ihr etwas Schaum in die Mundwinkel, aber Annemarie verzog kei-

ne Miene - eine Jugend in der Steppe härtet ab. Als sie fertig war, bedankte sie sich mit leuchtenden Augen: „Gut, aber a bissel unangenehm, Charlotte."
Dann ging sie in die Küche, um uns Spiegeleier mit Speck zu machen. Schließlich war Monika weg, jetzt konnte ich also die fiesesten Arterienverstopfer bestellen, die mir ein frühes Grab garantierten. Nach einer Viertelstunde tauchte Annemarie wieder mit zwei Tellern auf, auf denen sich das Essen türmte. Während Charlotte und ich uns über die Eier hermachten, strich sie sich ihre langen blonden Haare aus der Stirn und sagte beiläufig: „Wißt ihr beiden übrigens eine Frau, die hier putzen würde? Wir hatten im letzten Jahr eine ganz reizende Tunte als Raumpflegerin, aber die wird jetzt Vater und mußte leider kündigen, um sich um das Baby zu kümmern. Vreni ist richtig unglücklich deswegen. Also, wie ist es?"
Ich konnte es nicht verhindern. Ich schluckte den letzten Bissen hinunter, wischte mir mit dem Handrücken den Mund, und ehe ich mich versah, drang aus der Tiefe meines Inneren eine fremde Stimme. „Ich!" sagte sie. Charlotte hörte schlagartig auf zu essen und starrte mich an: „Du?? Weißt du noch, wie ich dich mal besuchen kam, als du gerade das Treppenhaus gescheuert hast? Du hast von unten nach oben gewischt!"
Charlotte hatte recht, es war der glatte Wahnsinn. Annemarie fuhr mit einem Lappen über die Theke und tat, als würde sie uns nicht hören. Mir traten Schweißperlen auf die Stirn, mein Hirn schien in den Innereien versunken zu sein, und ich hörte die Stimme erneut sprechen: „Nein wirklich, ich mach' es."
„Okay, ich werde es Vreni sagen", sagte Annemarie mit einem Augenzwinkern. Sie war eine kluge Frau.

Vreni nahm mich nach einem kurzen Vorstellungsgespräch, bei dem sie mich herrlich durchdringend gemustert hatte, zur Probe. Am Aschermittwoch trat ich meinen Dienst bei ihr an. Es war eine Riesensauerei vom Karneval übriggeblieben, mit der ich sicher einige Stunden zu tun haben würde. Für meine Zwecke genau das Richtige. Ich war allein im Lokal: Annemarie wollte sich mal richtig ausschlafen, und Vreni war einkaufen gegan-

gen, um das Kap Horn für die Nach-Karnevalszeit zu rüsten. Erst fegte ich gründlich den Laden, und dann überlegte ich mir die günstigste Strategie, um diesen Augiasstall zu säubern. Ich hatte mal in einem Piratenfilm gesehen, wie Galeerensklaven das Deck putzen mußten. Sie nahmen einfach einen großen Eimer heißen Wassers und schütteten ihn mit Schwung über das Deck. Dann griffen sie zum Schrubbtuch, knieten sich hin und polierten Planke für Planke. Ihre gebräunten, muskulösen Oberkörper, in die sich über Brust und Rücken geschnürte Lederriemen schnitten, glänzten vor Schweiß in der Sonne, und wehe, auch nur ein einziger Fussel blieb zurück! Dann zog ihnen der nicht minder wohlgebaute Oberaufseher seinen Gürtel über den Knackarsch und... Ich riß mich aus meinen Tagträumen. Genau, das war's!
Ich ging in die Küche und ließ heißes Wasser in einen Eimer. Nach kurzer Zeit hatte ich - Vreni war, ganz Schweizerin, blitzordentlich - auch das Schrubbtuch gefunden. Jetzt konnte es losgehen! Ich atmete tief durch, und dann kippte ich mit einer kraftvollen Linksdrehung den Eimer aus. Das wiederholte ich noch einige Male. Es war die pure Lust! Ich kribbelte am ganzen Körper, als ich mir die Ärmel meines teuren Smokinghemdes aufkrempelte und mich auf die Knie herabließ. Im Nu spürte ich, wie das heiße Wasser durch die Jeans an das Fleisch meiner Schienbeine drang und es für die harten Holzdielen empfänglich machte. Unwillkürlich entfuhr mir ein leises Stöhnen. Dann stürzte ich mich in die Arbeit.
Als ich schließlich das ganze Lokal gescheuert hatte, blitzte es vor Sauberkeit, während ich selbst wie eine Schlammcatcherin aussah. Das Haar hing mir wirr ins Gesicht, und ich hätte schwören können, daß sich eine fiebrige Röte auf meinen Wangen ausgebreitet hatte. Meine Kniescheiben waren wund und voll köstlichem Schmerz. Aber das Restaurant hatte offengestanden Ähnlichkeit mit dem Wattenmeer im Juli, überall waren große dampfende Wasserlachen und Priele, die ich noch schnell beseitigen wollte, bevor irgend jemand kam. Da ging plötzlich der Schlüssel im Schloß, und ich erstarrte in Froschhaltung. Vreni stand vor mir.

Langsam erhob ich den Blick vom Boden. Zuerst sah ich nur ihre Schuhe, schwarzglänzende Herrenschuhe mit eleganten dunklen Holzabsätzen. Sie hatten ein feines klackendes Geräusch gemacht, als sie hereinkam. Ich registrierte jedes Detail. Meine Sinne waren aufs äußerste geschärft. Ich sog den herben Geruch des Leders in mir auf. Nicht nur der Boden dampfte. Vreni sagte kein Wort.
Zentimeter um Zentimeter ließ ich meinen Blick höher gleiten. Ihre langen, massiven Beine, in schwarze Drillichhosen gehüllt, ragten wie Telegraphenmasten in den Himmel. Bei ihren Hüften mußte ich innehalten. Sie hatte ihre Hände, jeder einzelne muskulöse Finger eine Versuchung für sich, auf die Hüften gestemmt, streng, aber nicht unfreundlich. Ihre Hüften waren üppig und fest. Ich kletterte zum Silber ihrer Gürtel-schnalle, einem Stierschädel, empor. Ich war ganz Adrenalin. Ich zitterte. Wie würde es sich anfühlen, meine Arme um sie zu schlingen? Vreni stand einfach da, ein Fels in der Brandung des Putzwahns. Ihre vollen Brüste wogten auf und ab, getrennt von einem kleinen goldenen Kreuz, das durch den Ausschnitt ihres am Kragen gelockerten Seidenhemdes zu sehen war.
Allmählich wurde es ernst, denn ich näherte meine Augen ihrem Hals, der den Umfang meines Oberschenkels hatte. Ich sah jede einzelne Sehne. Vrenis Adamsapfel war so geschwollen wie eine Erdbeere. Sie hatte den kräftigen Unterkiefer nach vorne gereckt. Die Unterlippe war über die mit feinen schwarzen Härchen bedeckte Oberlippe gestülpt. Ein sinnlicher Mund, voll, aber nicht fleischig. Vrenis Wangen glühten. Ich hatte ihre Augen erreicht. Sie brannten sich mir wie feurige Kastanien in die Seele. Sie hätte mich auf der Stelle mit einem Flaschenhals vögeln können, ich war zu allem bereit. Ergeben senkte ich den Kopf und wartete auf ihre Vorschläge.
„Also jètzt längt's mer aber!", brüllte Vreni. „Was sott dènn das do sy, dr Bodesee? Ich bruuch doch kai Butzmaso, oder? Mach ass De do wägkunnsch! I wott Di do nümme gseh! Du Versaagere, Du!" Sie hörte gar nicht mehr auf. Sie war außer sich vor Wut, und es sah fast so aus, als würde sie gleich nach mir treten.

Als ich aufspringen wollte, um mich in Sicherheit zu bringen, geschah es: Es machte „Knack“, und ich fiel zu Boden. Vermutlich hatte sich ein Nerv eingeklemmt. So kroch ich denn unter Vrenis lautem Gefluche - immerhin konnte ich die Baseler Kraftausdrücke nicht mehr verstehen - auf allen vieren aus dem Lokal, Tropfenspuren hinter mir herziehend. Es folgten noch einige Demütigungen, als ich am Rudolfplatz in die U-Bahn krabbelte; ich sah ja aus wie eine Wasserleiche. Dannlegte ich mich erst einmal für eine Woche mit einer Grippe ins Bett.

Charlotte lachte sich kaputt, als ich ihr die Geschichte erzählte, die alte Kuh. „Das war wohl des Guten zuviel“, sagte sie kichernd und brachte mir Kamillentee. „Das nächste Mal kannst du dich auch direkt an mich wenden, wenn du wieder schlecht behandelt werden willst.“ Ich verzichtete dankend. Seit dieser Angelegenheit mache ich einen weiten Bogen ums Belgische Viertel. Ich schäme mich entsetzlich für das, was ich getan habe - aber was, meine Damen, ist erregender als die Scham, wenn sie verletzt wird...?

Anjas Probleme II

„Warum?“ fragte Birgit und legte einen Arm um Anja, die ohne Begeisterung auf ihr gemeinsames Kind starrte. „Jetzt hast du alles, was du wolltest: Wir haben nach dem neuen Gesetz geheiratet, konnten dank meiner Beförderung in ein Reihenhaus nach Porz ziehen, und du hast ein gesundes Baby auf die Welt gebracht.“ Sie zog ihre Freundin so nah an sich heran, daß ihr Mund beinahe Anjas Ohr berührte. „Warum“, zerdehnte Birgit die Silben, „bist du nach all diesen Aktionen immer noch nicht zufrieden, Jessesmaria!“

Anja löste sich allmählich aus ihrer Erstarrung und blickte zu Birgit auf. Ihre Augen schimmerten feucht. „Er sieht wie ein kleiner Bankbeamter aus, Birgit! Schau dir mal dieses schwache Kinn und die kurzsichtigen Äuglein an!“

„In Anbetracht dessen, daß du dir einen Samencocktail hast SCHICKEN LASSEN“, knurrte Birgit, „können wir froh sein, daß er nicht wie ein Bank-RÄUBER aussieht.“

Anja seufzte und ließ ihre Hand über die weißen Gitterstäbchen gleiten.

„Ich wünschte ja, dieses Baby hätte IRGEND ETWAS von einem Räuber, statt immer so mucksch in seinem Laufstall zu sitzen. Und zu ZÄHLEN! Als ich in seinem Alter war, habe ich Dinge kaputtgemacht, nicht GEZÄHLT! Birgit, ich sage dir, er wird ein Bankbeamter!“

„Vielleicht wird aus ihm ja auch ein Bankier.“ Birgit verdrehte die Augen. „Dann könnte er uns dieses verdammte Reihenhaus abbezahlen helfen. Von wegen *Die Annostraße ist kein passender Ort für Kinder*! Hühnerkacke.“ Sie zog ihren Arm von Anjas Schulter und begann, im Zimmer auf und ab zu gehen.

Anja schüttelte betrübt den Kopf. „Der wird nie und nimmer Bankier, der ist schon mit einer Stirnglatze geboren worden. Der geborene Langeweiler. Schau dir doch nur dieses schüttere, blonde Haar an, Birgit!“

„Herrgott, Anja! Er ist gerade mal ein Jahr alt! Babies DÜRFEN spärliches Haar haben!“ tönte es aus der Ecke.

Unbeirrt fuhr Anja fort: „Und dann liege ich schon seit Monaten nachts wach und warte darauf, daß er schreit. Normale Babies

schreien nachts, weil sie gestillt werden wollen. Er nicht. Dann stehe ich irgendwann auf und trete an sein Bettchen, und da liegt er und blinzelt mich freudlos an, an seiner roten Plastiksieben nuckelnd. Birgit, der will meine Brust einfach nicht, dieses asexuelle kleine Monster! Mit allem habe ich gerechnet: daß er autistisch ist, daß er hypermotorisch sein könnte, wirklich mit allem. Aber nicht mit einer Miniaturausgabe von *Rudolf Scharping*!"
Sie schlug so verzweifelt mit der Faust gegen den Eckpfosten, daß der ganze Laufstall wackelte. Eine Minute verstrich in Schweigen. „Siehst du, noch nicht einmal jetzt fängt er an zu plärren! Ich kann machen, was ich will!" Anja vergrub ihr Gesicht zwischen den Händen. „Es muß irgend etwas passieren, bevor ich anfange, ihn ernsthaft zu quälen. Hilf mir, Birgit!"
Diese stützte sich am Türrahmen ab: „Tja, Anja, das ist aber kein Hundchen, das du nach den Weihnachtstagen so einfach im Tierheim abgeben kannst. Das ist dein eigen Fleisch und Blut, und wenn er zehnmal aussieht wie Buttermilch und Spucke. Wir müssen ihn jetzt großziehen."
Anja hob den Kopf und wandte sich zu ihr um: „Jetzt weiß ich wenigstens, wie es den meisten Eltern schwuler und lesbischer Kinder geht: Sie haben einfach keinen SPASS an der Entwicklung ihres Kindes, das ist es", stieß sie hervor.
Birgit kratzte sich am Nacken. „So, ich fahre jetzt mal in die Südstadt. Bin mit Heike im *Annos* verabredet, muß dringend mal wieder ein bißchen ungesunde, asoziale Stadtluft schnuppern. Macht's gut."
Die Wohnungstür fiel krachend hinter ihr ins Schloß. Das Baby verzog keine Miene, nur Anja heulte laut auf.

Dating

Ich stieß die Tür zum Kap Horn auf und ließ mich auf einen Barhocker fallen. Sechs Monate war ich nicht hiergewesen, bis eines Abends auf der *SCHULZ*-Disco Vreni vor mir stand. Ich wollte schon mit einem knallroten Gesicht wegtauchen, als sie mich anblinzelte und fragte, wo ich denn so lange gewesen sei. Also kam ich zurück, froh, wieder einen Ort zu haben, wo ich jederzeit ein williges Ohr für meinen Kummer finden konnte. Denn meine Freundinnen gaben mir langsam, aber sicher zu verstehen, daß sie das M-Wort bald nicht mehr hören konnten. Außerdem heitert mich schon allein Vrenis Anblick, die irgendwo im Hintergrund werkelte, immer auf (von weiteren Eskapaden war ich gründlich kuriert).
Annemarie, meine erste Wahl, war seit vorgestern mit Elke in Urlaub, aber Gina, die gerade bediente, war auch nicht schlecht. Etwas zynischer als Annemarie, aber mit demselben scharfen Verstand für psychologische Verwicklungen. Die Beziehungen zwischen Barfrauen und Gästinnen sind schon etwas Komisches. Ich lese Annemaries Seminararbeiten, wenn sie mich fragt, auf Stil und Rechtschreibfehler durch, um mich wenigstens ein bißchen für ihre Freundlichkeit zu revanchieren, die weit über ihre Berufspflichten hinausgeht. Gina war gerade fertiggeworden, warf das Tablett gekonnt auf die Innenablage der Theke und kam zu mir herüber: „Na, Susanne, wie isses? Was möchtest du trinken?"

Sie war Sportstudentin, ausgeglichen und von einer fast koboldhaften Beweglichkeit. Unvergessen ihr Auftritt als Bescherungsfee beim letzten Nikolaus, als sie mit nichts als tannengrünen Spitzendessous unter dem roten Weihnachtsmantel die Geschenke verteilte, neben sich Vreni als Knecht Ruprecht mit einem Rutenbündel in der Pranke. Das führte dann zu einer echten Double-Bind-Situation, weil wir weder auf das Geschenk noch auf Knecht Ruprecht verzichten wollten.
„Ein Kölsch. - Und selber?"
„Ach ja, ganz gut. Ich habe mich jetzt zum Examen angemeldet." Gina würde sich hüten, den Gästinnen wirkliche

Intimitäten preiszugeben, sonst wäre sie im Nu ausgepowert, und die Damen hätten kein Interesse mehr an ihr. Wie Sarah Schulman sagt: *Verrate all deine Geheimnisse, bis auf eins. Auf diese Weise investierst du in die Welt und behältst ein bißchen für dich selbst zurück.* Gina zapfte ein Kölsch und reichte es mir.

„Ich bin umgezogen." Gina begann, Gläser zu spülen, ohne mich aus den Augen zu lassen. „Ich konnte die Wohnung in Zollstock doch allein nicht halten, und eine neue Mitbewohnerin wollte ich auch nicht. Jetzt habe ich so ein 1-Zimmer-Appartement für 600 Mark kalt in der Merowinger Straße", fuhr ich fort.

Der Abwasch schepperte gedämpft. „Das klingt doch total geil", sagte Gina. „Südstadt - mitten im Leben. Genau das, was eine verlassene Ehefrau jetzt braucht."

„Ja, liegt bloß leider im Souterrain. Jetzt im Sommer mußt du ja abends lüften, um etwas kühle Luft reinzulassen, und zu diesem Zweck natürlich auch die Jalousien querstellen. Und du glaubst nicht, welche Vielfalt männlicher Genitalien ich in den vier Wochen schon unfreiwillig beim Pinkeln gesehen habe." Ich schauderte und beschloß, nicht weiter zu erzählen. „So was schlägt dir echt aufs Gemüt, Gina."

„Du solltest die Wohnung an Michi vermieten, der hätte bestimmt Spaß daran", sagte Gina. Mittlerweile trocknete sie die Gläser ab und stellte jedes fertige zu den anderen auf ein trockenes Geschirrtuch. „Und sonst? Die Liebe?"

„Falsches Thema."

„Na komm schon."

Bestimmt kannte sie die ganze Geschichte schon aus den verschlungenen Kanälen der Lesbenszene. Ich glaube, sie wollte einfach hören, ob ich nach unzähligen Wochen des Leidens inzwischen irgendwelche Anstalten machte, mich aus dem Sumpf zu befreien.

„Neulich war ich bei einer Frau zur Geburtstagsfeier eingeladen, einem *Essen mit Freundinnen.* Tolle Frau, lesbisch, lebhaft, gescheit. Gut angezogen, ohne affektiert zu wirken. Als ich mit Blumen und Sekt ankam, umarmte sie mich herzlich

und bat mich herein. Beim Essen dann setzte sie sich neben mich, schubberte ihr Knie an meinem und flüsterte mir ins Ohr, doch von mir zu erzählen."
„Wow", sagte Gina. Jetzt waren die Tassen dran.
„Meine Hormone waren daraufhin total aus dem Lot - ich meine, nach einem halben Jahr Zölibat -, und ich gab mir folglich eine wahnsinnige Mühe, sie und ihre Freundinnen zu beeindrucken."
„Und?"
„Gegen Mitternacht drehte sie sich plötzlich zu ihren Freundinnen hin und sagte triumphierend: *Ist sie nicht herrlich bizarr?*"
„Noch ein Kölsch?" fragte Gina mitfühlend und legte einen schaumtropfenden Unterteller beiseite.
„Ja bitte."
Sie stellte es vor mich und nahm ihre Arbeit wieder auf.
„Und wen triffst du noch so, Susanne?"
„Lauter nette Frauen. Total nette Frauen. Nette artikulationsfähige Frauen mit einem Freundeskreis um sich herum. Nett, psychisch einigermaßen beieinander und schweinegeil. Manche haben sogar noch Kontakt mit ihren Eltern und dürfen ihre Freundinnen mit nach Hause bringen."
„Und?" Gina hatte seit einem Jahr ihre Vera, sonst hätte sie mich diskret nach Namen gefragt.
„Ich will nicht. Wenn's ans Küssen geht, bekomme ich auf einmal bretthharte Lippen und verabschiede mich schnell unter irgendwelchen durchsichtigen Ausflüchten. Ich fürchte schon um meinen Ruf."
„Zigarette?" Gina war fertig und lehnte sich, die Arme über der Brust verschränkt, an die Regalwand hinter ihr.
„Nein danke. Ich bin so fertig, ich hab' noch nicht mal mehr auf Rauchen Lust."
Gina runzelte leicht die Stirn und fragte dann treffsicher:
„Und, hast du mal was von Monika gehört?"
„Mmmh, sie schreibt, Sushi kotzt sie an, San Diego kotzt sie an, und für ihre Gefühle zu Amerika hat sie nicht mehr genügend Mageninhalt."

„Aber sie wollte doch unbedingt dort leben. Sie redete von nichts anderem mehr. Ich würde auch gern mal nach Kalifornien“, sagte Gina mit einem träumerischen Glitzern in den Augen.
„Sogar Wale kotzen sie neuerdings an. Außerdem fühlt sie sich als Krankenschwester in einer Samenbank unterfordert. Immer irgendwelchen pickeligen Studenten den Videorekorder anzuschmeißen, damit die Jungs in Stimmung kommen - dazu hätte sie nicht ihr Examen gemacht, schreibt sie.“
Ich nahm einen tiefen Schluck Kölsch. „Wußtest du übrigens, daß die sogar nach Deutschland verschicken?“ fügte ich re signiert hinzu.
Ich erntete einen scharfen Seitenblick.
„Vielleicht kommt sie ja wieder.“
„Warum sollte sie??“ fragte ich haßerfüllt.
„Ihr hängt aneinander. Ihr mögt euch.“
„Ich kann ihr diese abgedroschene Zigarettenhol-Nummer nicht verzeihen. *Schatz, ich geh nur mal schnell zum Kiosk* - und als Nächstes bekomme ich eine Postkarte aus San Diego. Ich bin das Gespött der Szene. Wie soll ich wieder Vertrauen zu ihr fassen?“
„Dann eben nicht. Noch ein Kölsch?“ Kluge Barfrauen mischen sich niemals ein.
„Nein danke. Ich geh' mal.“ Ich brauchte keinen Schwips. Das Kap Horn geht an sich vernünftig mit Alkohol um und ermuntert keine zum Trinken. Aber ein Abstinenzlerklub ist das Lokal nun auch nicht, und ein Abend in Köln ohne Kölsch erfordert eine gewisse Disziplin, die ich gerade nicht aufbrachte. Beim Herausgehen drehte ich mich noch einmal um:
„Ach, und Gina? Wenn du was von einer billigen Wohnung hörst, ruf mich an, ja?“
„Mach' ich. Tschüß, Susanne!“, rief sie mir nach.
„Tschö!“ rief ich zurück und trat hinaus auf die Straße.

Winter in der Wesermarsch

Manchmal verlieren die Menschen, die am Wasser leben, den Kampf gegen die Melancholie, wie jene Kapitänswitwe, die sich eines Morgens einfach auf eine Eisscholle setzte und in die frostige Nordsee hinaustreiben ließ. Die alten Seeleute, die immer am Hafen sitzen und sehnsüchtig auf die Weser hinausstarren, sahen sie, aber keiner von ihnen unternahm etwas. Die Frau saß ruhig und zufrieden auf ihrer Eisscholle, als würde sie sich einen alten Wunsch erfüllen. Wie eine Flamme flog ihr ein großer roter Wollschal um den Hals. Vor Blexen, an der Wesermündung, hat sie noch einmal der zweite Offizier eines stromaufwärts fahrenden Frachters aus Singapur gesehen, aber sie wirkte so entschlossen, daß er sich nicht Alarm zu schlagen traute. Außerdem dachte er: *„Andere Länder, andere Sitten* - vielleicht ist das ja ein besonderer deutscher Sport, Eisschollensegeln." Man hat sie nie gefunden, aber das ist ja auch egal. Auf jeden Fall sind wir Wesermärscher ein seltsames Volk. Georg von der Vring, der Braker Dichter, der in meinem Geburtsjahr 1968 ins Wasser ging (allerdings in die ferne Isar), schrieb einmal, die Leute hier machten den Eindruck, als würden sie selber ein wenig unter Wasser leben. Sie wirken sanft, etwas langsam und reserviert. Aber man darf sie nicht unterschätzen: Es ist nur eine subversive Masche gegenüber Fremden, um Ruhe zu haben. In Wirklichkeit verfügen sie über einen so makabren, beinharten Witz, daß schon mancher Tourist in die Flucht getrieben wurde.

Es war wieder einmal Weihnachten, und ich saß mit meiner Wahlfamilie im Wintergarten, der einen schönen Ausblick auf den verschneiten Garten bot, wo es von hungrigen Singvögeln nur so wimmelte. Ich hatte meinen Krimi sinken lassen und versuchte, mich an die Namen der verschiedenen Arten zu erinnern. Ute las in der „Nordwestzeitung", und Günter streichelte die dicke graue Katze, die, auf einem frühen Fehlurteil beruhend, für alle Zeiten Gustav hieß. Im Radio oben auf dem Schrank düdelte die Hansawelle von Radio Bremen. Die Moderatorin konnte gar nicht so blöd sein, wie sie sich anhörte, weil sie schon zum dritten Mal in dieser Stunde Alanis Morissette gespielt hatte.

Auf dem Tisch stand ein Teller mit Baumkuchen, und in den blauweißen Tassen dampfte der Tee.
Heidi, Utes Mutter, saß in einem bequemen Stuhl aus Kirschholz und stickte ein Muster aus blauer Ackerwinde und Klee, vor ihr ein Notenständer, der die Vorlage hielt. Im Kamin zischten ein paar Holzscheite, die noch nicht völlig trocken zu sein schienen, und auf dem Kaminsims und dem Schrank brannten Kerzen in bunten Holzständern. Das ganze Jahr über hatte ich mich nicht so wohl gefühlt wie hier. Ich nahm meinen Krimi wieder auf und versuchte ein wenig zu lesen, aber ich konnte mich nicht konzentrieren und fiel bald in einen angenehmen Dämmerzustand, in dem ich die Gesellschaft meiner Freunde wie körperliche Wärme spürte und trotzdem frei meinen eigenen Gedanken nachhängen konnte.
Ute, meine alte Freundin, war mit der Zeitung durch, faltete sie wieder und stopfte sie zum anderen Altpapier. Gustav kratzte an der Tür und wollte hinaus. Als Günter für sie die Tür geöffnet und sich wieder gesetzt hatte, konnte ich spüren, daß Heidi durch die leise Unruhe, die sich allmählich breit machte, in ihre beste Erzählstimmung gekommen war. Sie rutschte ein bißchen hin und her.
Heidi leitet ihre Geschichten nie ein, sondern legt immer schon mitten in der Geschichte los, eine Eigenschaft, die ich sehr mag. „Heiligabend vor dreißig Jahren, da waren Ute und du noch gar nicht geboren, ist meiner Mutter etwas Schreckliches passiert. Kennst du die Geschichte, Suse?“ Ute grinste breit, aber ich konnte mich nicht entsinnen. „Sie kam zurück aus Bremen, wo sie etwas besorgen mußte, und mit ihr im Abteil saßen ein paar Marinesoldaten und eine alte Frau mit einem Koffer und einer Reisetasche, so eine richtig liebe Omi, sagte Mama. Die alte Frau sah etwas besorgt aus, und irgendwann beugte sie sich nach vorne und fragte meine Mutter, ob sie ihr nicht sagen könne, wann Elsfleth käme. Sie käme ja aus Wiesbaden, aber ihre Tochter hätte in die Wesermarsch geheiratet, und sie wolle sie, den Mann und die Enkel über die Feiertage besuchen. Letztes Jahr sei sie allerdings versehentlich schon in Berne ausgestiegen, weil das

Land so flach sei und alle Bahnstationen hier gleich aussähen, und dort hätte es NICHTS gegeben, keine Gaststätte, keine Pension, kein Münztelefon, nichts. Schließlich hätte sie in einem Privathaus geklingelt und von dort aus endlich ihre Tochter angerufen, die sie daraufhin abgeholt hätte."

Ich mußte lächeln. Was es in dieser dünnbesiedelten Gegend an sogenannter „Infrastruktur" gab, würde der Sozialabbau in den nächsten Jahren auch noch vernichten. Es war nur noch eine Frage der Zeit, bis die Bahnlinie an der Unterweser durch private Omnibusse ersetzt würde.

„Sie tat Mama sehr leid. Der Zug hielt in Elsfleth. Draußen konnte man die Hand vor Augen nicht sehen, weil es schneite und stürmte. Mama bat die Mariner, doch bitte der alten Dame das Gepäck auf den Bahnsteig herunterzulassen, was sie auch taten. Mama winkte ihr noch einmal zu, wünschte ihr schöne Feiertage und setze sich wieder ins Abteil."

Heidi kicherte wieder.

„Ja und?" fragte ich.

„Fünf Minuten später fuhr der Zug in Elsfleth ein. Sie hatten die alte Frau auf freier Strecke, mitten im Moor zwischen Berne und Elsfleth, herausgelassen."

„Oje", sagte ich mitfühlend.

„Wahrscheinlich ist aber alles gutgegangen. Mama hat natürlich Polizei und Feuerwehr und alles in Bewegung gesetzt, um die Frau zu suchen, aber sie haben keine Leiche gefunden."

„Na ja", sagte Günter, „was das Moor einmal nimmt, gibt es nicht wieder her, was?"

„Hmmm."

Heidi wechselte den Faden und begann mit einem helleren Grün zu sticken. Im Radio sang Kurt Cobain von „Teen Spirit" - auf der Hansawelle! Aber das Lied erinnerte mich an verlorene Liebe, und nach einer Weile sagte ich: „Heidi, erzähl noch eine schöne Gruselgeschichte." Seit ich ein gebrochenes Herz hatte, hatte ich mich vom Schreiben von Liebesgeschichten auf das von Gruselgeschichten verlegt. Als Lesbe in einer feindlichen Welt ist es überhaupt nicht schwierig, Gruselgeschichten zu schreiben, „lesbische Gruselgeschichten" sind fast schon eine

Tautologie, und ich glaube, sie haben einen schönen kathartischen Effekt auf mich.
Heidi schwieg für einen Moment. Dann wendete sie mich zu mir herum, richtete ihre Augen auf mich und sagte bedächtig: „Ja, da wüßte ich schon eine, aber die ist wirklich gruselig. So richtig."
Ich antwortete, ohne zu zögern: „Genau das richtige. Fang an."
„Gut." Sie legte ihr Stickzeug beiseite und setze sich die Brille ab, deren Bügel sie nun geistesabwesend zwischen den Fingern zwirbelte.
„Du kennst doch die alte Timmermannsche Villa oben am Deich?"
Ich nickte. Es war ein großer eleganter Bau aus der Gründerzeit, von einem reichen Braker Reeder erbaut. Tante Emma und ihre altjüngferliche Schwester Tante Martha, Verwandte von Günter, hatten dort gewohnt. Ich erinnerte mich dunkel an sie und die große geschwungene Freitreppe im Innern, die ein großes wilde Ölgemälde mit sich aufbäumenden Pferden und schreienden nackten Frauen krönte. Als wir noch klein waren, behauptete Ute, es würde lebendig, wenn die Standuhr daneben die volle Stunde schlug, und so huschten wir immer so schnell wie möglich durch das Treppenhaus und retteten uns in irgendeines der unzähligen Zimmer.
„Emma teilte nicht gerne. Aber als Hinrich, ihr Mann, starb, hatte er in seinem Testament bestimmt, daß sein Bruder Johann und das alte Hausmeisterehepaar dort lebenslanges Wohnrecht besitzen sollten. Das ärgerte Emma."
Heidi machte eine Pause, um einen Schluck Mineralwasser zu trinken.
„Als erstes starb der Hausmeister, Herr Wiek, eines natürlichen Todes. Er bekam auf der Freitreppe einen Herzanfall und brach sich das Genick."
„Vielleicht hat sie ihn erschreckt?" fragte Ute neugierig.
„Weiß man nicht." Emma sah schon so zum Fürchten aus mit ihrem riesigen weißen Dutt und der Stahlrandbrille, die aussah, als könnte man sich an ihr schneiden, wenn man sie anfaßte. Es konnte nicht schwer für sie gewesen sein, sich noch furchterregender zu maskieren.

„Frau Wiek hat ihn im Bremen einäschern lassen. Sie und Emma haben mit dem Zug die Urne abgeholt. Mitten im Abteilwagen hat Frau Wiek dann zum Entsetzen der Mitreisenden die Urne hervorgeholt, an ihr Ohr gehalten und kräftig geschüttelt. Emma war das peinlich: *Was machen Sie denn da, Frau Wiek? - Och, er hatte doch seine goldenen Manschettenknöpfe an, und ich kann sie gar nicht hören*, sagte Frau Wiek."
Ute und ich grölten, und Günter, der die Geschichte bestimmt schon tausendmal gehört hatte, nickte zustimmend und sagte „Jo."
„Und was ist mit Frau Wiek passiert?" fragte ich.
„Sie ist angeblich ausgerutscht, als sie das große Glasfenster im ersten Stock in der Eingangshalle putzte. Weißt du noch? Dieses große dunkelrote Fenster, auf dem ein kleines Schaf und die Worte *Christus, du Lamm Gottes* abgebildet waren? Ihr soll der Eimer mit der Seifenlauge umgekippt sein, und sie ist mit einem markerschütternden Schrei durch das Fenster gekracht. Die Nachbarn haben noch Jahre später von diesem Schrei gesprochen. Man hat sie mit verdrehten Gliedern und gebrochenem Hals unten in den Hortensien am Haus gefunden, in einem Bett aus roten Glassplittern."
„Mein Gott", sagte ich erschüttert und amüsiert zugleich. „Und man hat Emma nie etwas nachweisen können?"
„Wart's ab", sagte Heidi und goß uns allen noch einmal eine Runde heißen Tee ein. „Am schwierigsten war die Aufgabe, Johann loszuwerden. Johnny war zwar ein Taugenichts, aber doch ein wirklich zäher Bursche, der schon so manchen Strauß mit Emma gefochten hatte. Außerdem war er wesentlich kräftiger als sie und Martha zusammen." Sie stellte die Teekanne zurück aufs Stövchen.
„Sein einziger Schwachpunkt war das Trinken. Johnny veranstaltete immer Saufgelage in dem großen hölzernen Pavillon im Garten, zu dem er das Gesindel einlud, das er gerade im *Blauen Papagei* kennengelernt hatte. Matrosen, Bardamen, alle möglichen Leute. Das Fundament des Pavillons war gemauert, und darunter befand sich sogar ein kleiner abschließbarer

Keller, in dem Johnny seine Spirituosen lagerte. Von Jahr zu Jahr trieb Johnny es schlimmer. Nachbarn beschwerten sich, daß nackte Frauen wie griechische Nymphen durch den Park gehüpft wären, von besoffenen Männern mit Schnapsflaschen gejagt. Es waren immerhin die frühen sechziger Jahre, und da war Johnny schon siebzig! Aber mit Geld kann man ja so einiges machen."
Ich überlegte mir, ob ich für den hypothetischen Fall, daß ich mal Geld besitzen sollte, Orgien schmeißen würde, aber Heidi fuhr schon fort.

„Es war eine heiße Sommernacht. Unter jedem Baum schnarchte irgendein Besoffener, und auch die Frauen lagen in ihren Kleidern wie weiße Taschentücher auf dem Rasen. Bis die Feuerwehr kam. Jemand hatte Johnny im Keller eingeschlossen. Das trockene Gebälk brannte wie Zunder. Die Polizei kam und verhörte alle Anwesenden, aber der Schuldige konnte nie ermittelt werden. Zuerst haben sie einen Hilfsarbeiter aus Boitwarden festgenommen, der als Brandstifter aktenkundig war, aber sie konnten kein Motiv finden, warum er Johnny etwas anhaben wollte."
„Haben sie auch Emma vernommen?" fragte Ute, gespannt bis zum äußersten.
„Ja, aber sie und Martha hatten ja die Räume zur Weser hin und gaben zu Protokoll, sie hätten von den nächtlichen Geschehnissen nichts mitbekommen und fest geschlafen. Martha behauptete, sie hätte es mitbekommen, wenn Emma das Haus verlassen hätte, weil sich ihr Schlafzimmer direkt neben der Tür zur Halle befand und sie einen leichten Schlaf hatte. Martha, die arme Seele, tat ja alles für Emma, und ihr hätte nun wirklich niemand einen Mord zugetraut. Irgendwann haben sie die Ermittlungen dann eingestellt, und Johnnys grausamer Tod wurde seinem eigenen wüsten Lebenswandel in Rechnung gestellt."
Wir schwiegen bedrückt.
„Wann ist Emma eigentlich gestorben?" Ich wärmte die Finger an meiner Teetasse.

„Ach, vor zehn Jahren, kurz nach Martha. Da war sie hoch in den neunzig. Noch dreißig Jahre haben die alten Krähen in dem riesigen Kasten verbracht, ganz alleine, obwohl Hinrichs Geld immer weniger wurde und sie bei ihrer kleinen Sozialrente noch gut das Geld von einem Untermieter hätten gebrauchen können. Aber wie gesagt, Emma konnte eben nicht teilen, und außerdem wollte kein Braker nach diesen vielen Todesfällen dort mehr einziehen. Man konnte ihr zwar nichts nachweisen, aber einen gewissen Ruf wurde Emma nie wieder los, und man sagte sogar, es würde in Neumondnächten dort spuken."
„Aber das Haus ist doch wieder bewohnt, oder?" Ich hatte neulich, als wir am Deich vorbeifuhren, gesehen, daß es neu renoviert und die Fenster erleuchtet waren. „Wer wohnt da jetzt?"
„Ach, irgendwelche Rheinländer und Ruhrpöttler. Die Erben haben an eine Gesellschaft verkauft, die Ferienwohnungen aus der Villa gemacht hat."
Mit einem Schwung stand Heidi auf und fragte uns freudestrahlend: „Wie wär's denn jetzt mit Abendbrot? Schon Hunger?"

Fata Morgana

„Und jetzt, Frau Schumacher, stellen Sie sich bitte mal eine schöne Frau vor."

Schweigen. „Hallo?" fragte Sibylle Kranich nach einer Weile. Immer dasselbe, die Frauen waren so erschöpft, wenn sie in ihre Praxis kamen, daß sie bei der Hypnose einschliefen wie auf der Sonnenbank. „Frau Schumacher?" Na bitte, ein Zucken lief über ihr Gesicht.

„Ich bin am Strand, in der Wesermarsch." Alle provinzgeschädigt, dachte Sibylle müde. Nordfriesland, Schwäbische Alb, Schwarzwald, Pfalz und wie diese schrecklichen Gegenden alle hießen. Nach zwanzig Jahren im Therapiegeschäft wußte sie, warum die Kinder dort durchdrehten. „Wesermarsch" klang auch wie ein Ort, wohin man Leute schickt, um sie kaltzustellen. Bestimmt warfen diese Friesen ihre Schwulen noch immer ins Moor.

„Ja?" fragte sie schließlich wieder, weil Frau Schumacher schon so lange still war. Sie mußte sich wirklich mehr auf die Finger klopfen, in der Hypnosebehandlung weniger ihren eigenen Gedanken nachzuhängen. Es war nämlich gar nicht so leicht, eine Frau wieder aus der Hypnose zu holen, wenn sie abstürzte, und sie wollte ihren Patientinnen keine aufmunternden Ohrfeigen geben und so die Traumata ihrer Kindheiten wiederholen.

„Sie ist wunderschön."

„Mmmmh?" Jetzt war sie aber gespannt, wenn sie an Frau Schumachers Geschmack in Schönheitsdingen dachte. Behauptete, wenn sie einen Silberblick, Übergewicht und abstehende Ohren hätten, etwa wie Sartre, wären die Frauen besonders gut im Bett. Vielleicht hinkte die Traumfrau wie der Leibhaftige? Eigentlich sehr sympathisch in einer Zeit, in der selbst die Lesben immer faschistischere Schönheitsideale bekamen.

„Sie ist groß, dunkelhaarig und leidenschaftlich."

Oho. „Ja?" Die Frühlingssonne zeichnete sanfte Muster auf der zarten Haut ihrer geschlossenen Lider. Herrlich.

Plötzlich hörte sie, wie ihre Patientin mit einem gereizten Unterton flüsterte: „Frau Kranich, wenn Sie sich nicht konzentrieren, stehe ich auf und gehe." Sie riß die Augen wieder auf. Eigentlich hatte sie gerade „Leidenschaftlich? Mmmh?" sagen wollen, aber Frau Schumacher war einfach zu therapieerfahren. Dann eben Tacheles.
„Kurze Haare oder lange Haare?"

„Kurze schwarze Haare, den Nacken ausrasiert."

„Dick, dünn?"

„Normal, durchtrainierte Muskeln."

Nach dem, was Frau Schumacher in den letzten Jahren durchgemacht hatte, durfte sie ruhig ein bißchen idealisieren. Sibylle Kranich schwieg wieder. Vielleicht kam das Mädchen ja allmählich von allein in Gang.

„Sie trägt eine grüne Hose und einen königsblauen Fleecepullover."

„Was für eine schicke Kombination." Soso, durchtrainiert, aber Birkenstocklesbe. Hoffentlich nicht wieder dieser Gesundheitsfimmel, sie hatte Wochen gebraucht, um Frau Schumacher die Vorstellung auszureden, wer Sojasprossen äße, wäre auch sonst gesund.

„Ihr Parfüm ist einfach umwerfend, ich habe es direkt in der Nase."

„Was für ein Parfüm?"

„Ein schweres Parfüm, verleiht ihrem Draufgängertum eine feminine Note."

Von Frau Schumachers „Cool Water" wurde ihr jedenfalls immer übel. Aber es wäre sehr unhöflich, die Therapiestunde bei geöffnetem Fenster abzuhalten, zumal der Straßenlärm stören würde. Eine draufgängerische Birkenstocklesbe also. Sie schauderte. Es war ihr noch nicht ganz klar, wo Frau Schumacher in den nächsten Jahren hinwollte und ob diese

Pläne gut für sie waren. Vielleicht war es jetzt mal an der Zeit, nach den Gebrechen der zukünftigen Favoritin zu fragen. „Irgendwelche Besonderheiten?"

„Sie hinkt." Jaaaaa, Volltreffer. Therapie hatte was von Detektivspielen, immer wieder war es der totale Kick, wenn die Intuition ihr die richtigen Lösungen brachte. Ihre Mutter hatte damals diese Gabe erkannt und ihr zum Psychologiestudium geraten, als sie schon als junges Mädchen Männer auf Anhieb durchschaute und sich mit ihnen langweilte. Damals wandte sie neben der Uni dem Studium der Frauen zu, ein Gebiet, das sie bis heute in Atem hielt.
Eine diabolische, dunkle Frauenfigur wie aus einem Kitschroman, die glutvolle, südländische Liebhaberin, deren erotisierende abgründige Schlechtigkeit nur durch Birkenstocks gedämpft wird. Doch, das könnte Frau Schumacher mal ganz guttun. Kaum auszuhalten, wie depressiv die junge Frau in den letzten Jahren gewesen war. Sich mal so richtig durchknallen zu lassen und in einem Jaguar (irgendein schicker Wagen würde gleich noch kommen, nur für den traditionell schmalen Lesbengeldbeutel) durch die Gegend chauffiert zu werden - super.

„Sie fährt einen schwarzen Golf."

„Du liebes bißchen!"

„Sie ist Theater-, Film- und Fernsehwissenschaftlerin."
„Wie kommen Sie denn darauf?"

„Die *FEMINALE* ist der beste Cruising-Ort für lesbische Intellektuelle, den Sie sich vorstellen können. Da kommen wirklich ALLE scharfen Frauen."

„Aha." Immerhin ein Punkt für Frau Schumachers Phantasie - die meisten Lesben hätten *Ärztin* genannt, weil sie die Mischung aus Verantwortung, Geld und sozialem Engagement unwiderstehlich fanden.
„Sonst noch was?"

„Narben. Sonnenverbrannte Haut. Ein breiter, großer Mund,

große Nase, abstehende Ohren. Ein Bauerngesicht. Grobe, kräftige Finger."

Na also. Nur die unreine Haut und Barthaare fehlten noch. „Wie alt ist sie?"

„Sie MUSS einfach Jahrgang 1964 sein! Das ist ein besonders guter Lesbenjahrgang, wie beim Wein. Alle meine Liebhaberinnen waren bisher Jahrgang 1964. Das waren die Mädchen im Abiturjahrgang, als ich in der neunten Klasse war, und ich kam nicht an sie heran. Ein echtes Trauma."

1964 war sie selber gerade im Abitur, wie die Zeit verging. „Was tut sie gerade, dort am Strand?"

„Sie wirft Steine ins Meer. Aggressiv, herausfordernd. Sie hat schon viel hinter sich. Aber sie steckt voller neuer Pläne. Es ist eine Umbruchzeit. Sie hat einen tollen kräftigen Rücken, und die Sonne zaubert rötliche Reflexe in ihr dunkles Haar."

Katherine Forrest hätte das nicht schöner sagen können. Sibylle Kranich beschloß, doch mal einen Blick in diesen ominösen Artikel über lesbische Balkonpflanzen zu werfen, den die Schumachersche verfaßt hatte.
„Und was tun Sie selber gerade?"

„Ich stehe zehn Meter von ihr entfernt und bewundere sie und möchte sie am liebsten zu Boden werfen. Ich bin groß und schön und intelligent, und sie wird mich lieben."

Liebe, eigentlich die einfachste Sache der Welt, wie Dorothy Allison schreibt, und doch geht sie meistens schief. Aber so schön, von ihr zu träumen. Immerhin waren Gisela und sie schon seit 16 Jahren zusammen. Doch, es gab Liebe. Und es war immer wieder schön, von der Liebe zu hören. Dazu gab's eigentlich nichts mehr zu sagen.

„Na gut, dann machen Sie sich mal bereit, wieder aufzuwachen. - Die Frau wird blasser. - Und blasser. - Sie strecken sich. - Einmal gähnen."

Sybille betrachtete liebevoll die junge Frau, wie sie sich in ihrem Stuhl räkelte und schließlich die Augen aufschlug. Sie betrachtete die ersten zarten Fältchen der Endzwanzigerinnen in ihrem Gesicht, die langen Glieder, die noch zwischen Stolz und Selbsthaß schwankten, aber sich allmählich zu festigen begannen. Sie liebte es, jungen Lesben auf die Beine zu helfen, wieder und wieder. Hoffentlich würde Susanne Schumacher ihre schöne, schwarze Frau bekommen, und wenn nicht, dann eine kleine, dicke, blonde kaufmännische Angestellte, die sie vielleicht genauso glücklich machte.

„Ja, dann bis nächste Woche! Auf Wiedersehen, Frau Schumacher!“ sagte sie, während sie sich erhob und dem Mädchen zum Abschied kräftig die Hand schüttelte.

„Auf Wiedersehen.“

Mit einem wohligen Gefühl hörte sie, wie sich die Praxistür schloß. Noch ein paar Minuten, bis die nächste käme. Jetzt in Ruhe pinkeln gehen, was für ein Luxus.

Gold im Mund

Sie stand einfach vor meiner Tür. Schläfrig hatte ich den Morgenmantel um meine zerschlagenen Glieder gewickelt.
„Oh, Vera. Komm rein."
„Ich war gerade in der Nähe", sagte sie.
Wer's glaubt. Nach meiner Einschätzung mußte es gegen acht Uhr in der Früh sein. „Komm rein", wiederholte ich matt.
Sie schob sich an mir vorbei in die Wohnung. Sie zitterte.
„Ich mach' uns einen Kaffee", murmelte ich und schlurfte in die Küche. Im Geist ging ich die möglichen Gründe ihres Kommens durch. Die Trennung von Gina? Lag schon fünf Monate zurück, sie sollte sich mittlerweile ausgeweint haben. Anpumpen? Vera war sparsamer als ich und daher nie knapp bei Kasse. Mir wollte einfach nichts einfallen. Die dampfende Kaffeekanne in der Rechten, kam ich ins Zimmer zurück. Vera saß wie eine verlorene Schlacht auf meinem Schreibtischstuhl.
„Also, was ist los?" fragte ich, bemüht, ausreichend Mitgefühl in meiner Stimme mitschwingen zu lassen. „Geht's um eine Frau?" Das paßte meistens.
„Gewissermaßen."
„Was heißt hier: gewissermaßen? Eine transsexuelle Frau?"
Vera schüttelte den Kopf, die Augen hinter dem Schleier ihrer dunklen Haare verborgen.
„Vera", sagte ich langsam. „Ich bin ein Morgenmuffel, und ich hab' die Nerven nicht für solche Fragespielchen. Fang bitte an."
Sie blickte auf, ein Flehen in ihrem Blick. „Ich liebe dich."
„Das weiß ich doch. Ich liebe dich auch, Vera", sagte ich freundlich. Seit langem war sie mein bester Kumpel, mit dem ich Höhen und Tiefen des Lesbenlebens durchstand.
„Nein, nicht so", sagte sie gequält. „Wie eine Liebhaberin."
Jetzt war ich verblüfft. „Und das fällt dir nach fünf Jahren Freundschaft ein??" Ich sollte vor elf einfach niemandem die Tür öffnen, schwor ich mir wieder einmal.
„Ja. Als du mich gestern nacht im Stollwerck zum Abschied umarmt hast, wußte ich plötzlich, daß ich dich schon all die Jahre begehrt habe. Deswegen bin ich hier, ich mußte dich sofort sehen."

Ich weiß zu dieser Stunde niemals, wer ich bin und was ich will, aber Vera nahm mir die Entscheidung ab. Sie nahm mich in die Arme und wiegte mich wie ein Kind. Es war wie Nachhausekommen, ich kannte sie so gut. Wir legten uns aufs Bett, sie hielt mich fest umschlungen, und ich schlief wieder ein. Unsere Affäre dauerte zwei Monate, und sie zählt zum Schönsten, was ich je erlebt habe. Noch heute gehen wir manchmal miteinander ins Bett, obwohl wir beide längst neu liiert sind. Wozu hat man Freundinnen?

Anjas Probleme III

„Gugu!“ sagte Anja und klapperte mit der bunten Rassel, „gugu dada!“ Das Baby lachte. Birgit lächelte und lehnte sich auf dem Sofa zurück. Die Wohnzimmertür ging auf, und herein kam Bettina mit einem übervollen Tablett.

„Na, hat sich das Kind nicht prima gemacht?“ fragte sie die beiden Frauen heiter.
Dann setzte sie das Tablett ab und verteilte mit raschen Bewegungen Kaffeetassen, Kuchenteller und Silberbesteck auf dem Couchtisch. Birgit und Anja nickten pflichtschuldigst.

„Und solch ein braver kleiner Junge! Den ganzen Tag spielt er total versunken vor sich hin. Keine Beulen, kein Jammern, nichts! Ein richtiges Schätzchen.“
Bettina lud den Kuchen auf die Teller. Nachdem sie die Kerze angezündet hatte, ließ sie sich in die Polster fallen. „Wer hat schon solch eine Schwester. Und solch eine Schwägerin vor allem.“ Scheu drückte sie Anja, die gerade die Papierservietten für die Kaffeetafel faltete, die Hand. „Schön, daß Ihr da seid.“
Die Hausglocke schlug an. Bettina sprang auf. „Entschuldigt mich einen Moment, das wird Peter sein!“ Als die Wohnzimmertür hinter ihr zufiel, stöhnte Anja auf.

„Nenn mich überängstlich“, flüsterte sie ihrer Lebensgefährtin zu. „Es geht dem Kleinen wirklich viel besser hier, und ich bin froh, daß deine Schwester ihn so gerne haben wollte. Aber es beunruhigt mich nach wie vor, daß ihr Mann Schlachter ist! Ausgerechnet! Blut klebt an seinen Händen, so ein Mann ist zu allem fähig.“
„Ach was“, raunte Birgit zurück. „Die beiden warten jetzt seit acht Jahren auf ein Kind, und jetzt haben sie, seit die Adoption durch ist, sogar den ersehnten Kronprinzen. Peter tut dem Lütten schon nix. Und wenn mal Krieg sein sollte, hat der Junge wenigstens immer ordentlich zu essen.“
„Aber“, flüsterte Anja wieder, „bei den Genen eines Bankangestellten und einer Jugend als Schlachterssohn ... kommt bestimmt ein kleiner Eichmann raus. Stell dir mal vor!“

„Nach uns die Sintflut." Birgit grimassierte. „Jetzt müssen wir nur noch dieses verfickte Reihenhaus loswerden und wieder eine Wohnung in der Südstadt finden."

„Yeah."

Aus der Diele drangen laute Stimmen, und die Wohnzimmertür flog auf.

„Moin, Peedder!" riefen Anja und Birgit wie aus einem Munde.

Das erste Mal

„Meine erste Freundin war eine zarte Blondine. Ich schrieb ihren Namen über und über in Geheimschrift auf jeden Fetzen Papier, der mir in die Finger kam - ausgerechnet Clara, wie das Mädchen im Rollstuhl aus „Heidi“. Ich liebte sie so sehr, daß ich dachte, ich müßte sterben. Da war ich elf, und sie war so zart, daß ich sie nicht zu berühren wagte. Seit dieser Zeit gibt es zwei Arten von Frauen in meinem Leben: die zarten Blonden und die kräftigen Dunklen. Undenkbar, ich könnte mich für kräftige Blonde und zarte Dunkle interessieren! Dies ist die Geschichte meiner Liebhaberinnen.

Schon mit elf dämmerte mir der Name für meine Begierde, aber sie selber war so stark, daß der Name neben ihr unerheblich wurde. Ich liebte. Ich vergaß den Namen, obwohl ich ihn bereitwillig annahm. Diese Liebe ging ohne Drama auseinander, wie nach ihr nur wenige. Wir verloren uns einfach aus den Augen, weil sie in eine Stadt zog, die zwanzig Kilometer entfernt lag. Heute liebe ich Kanadierinnen, Australierinnen, Japanerinnen, aber damals waren zwanzig Kilometer eine Weltreise, der keine Leidenschaft gewachsen war. Außerdem existierten Berührungen nur in meinem Kopf, und ich hätte auch gar nicht gewußt, wie ich sie hätte ausführen können. Mit elf ist es das Nonplusultra an Vereinigung, wenn zwei Mädchen zusammen übernachten und für dieselben Bands schwärmen. Die Pferdephase hatten wir gerade erst hinter uns und verachteten die Pferdeposter ihrer kleinen Schwester mit Inbrunst.

Meine erste Liebhaberin hieß Sandra. Da war ich vierzehn. Es fing damit an, daß wir in der Schule einen Film sahen, den „Schimmelreiter“ in der Nazi-Version mit Marianne Hoppe und lauter arischen blond-stämmigen Friesen. Irgendwann hielt ich mein Verlangen nicht mehr aus und legte ihr die linke Hand aufs Knie. Sie tat nichts, das hieß, sie schlug mir auch nicht auf die Finger, was in meinen Augen schon ein Erfolg war. Ich saß einfach da und streichelte, völlig dämlich vor Glück, ihr Knie. So intim hatte ich noch nie eine Frau berührt. Auf der Leinwand vor uns fiel Hauke Haien unter lautem Getöse in den Deichbruch - es ließ mich völlig kalt, und ich bezweifle auch, daß Sandra viel davon gesehen hat. Am Ende lag meine vor Erregung starre Hand auf ihrem vor Erregung starren Knie. Wir wußten nicht weiter, und das zog sich noch eine ganze Weile so hin.

Wir waren auch nicht alleine. Lesbische Dreiecksbeziehungen sind wohl ein zähes Phänomen, das schon in der Pubertät einsetzt. Da gab es noch Christiane. Christiane merkte, was sich zwischen Sandra und mir entspann, und wollte nun auch. Aber nicht ordinär, nein, ein inniger Freundschaftsbund sollten wir sein, so eine Art lesbischer drei Musketiere. (Ich habe neulich eine Postkarte von ihr bekommen, war nett.) Für Sandra und mich wiederum war Christiane unser Sicherheitsventil: Wenn wir uns zu nahe zu kommen drohten, warfen wir uns einfach auf Christiane und überhäuften sie mit unserer angestauten Zuneigung, und alle waren zufrieden: Christiane natürlich, und Sandra und ich, weil wir es wieder einmal geschafft hatten, Herrinnen über diese scheußlichen Triebe zu werden. Auf Christianes Drängen hin führten wir eines Tages sogar ein regelrechtes Freundschaftsbund-Ritual aus. Alles war seit Wochen geplant. Das Los fiel auf mich, in den Tabakladen am Orte zu gehen und eine möglichst dicke Zigarre zu erwerben. Ich weiß noch, daß ich schreckliche Angst hatte, weil ich niemandem hätte plausibel machen können, meine Mutter würde Havannas rauchen. Aber es klappte. Schritt zwei war, sich am Sonntagabend um sechs an einer dichten Schilfstelle am Strand einzufinden, die wir alle kannten. In Männerkleidung. Ich weiß noch, daß Sandra eine Schlägermütze trug, die sie ihrem Opa abgeschwatzt hatte. Was wir anderen trugen, weiß ich nicht mehr. Wahrscheinlich hatte ich meine dunkelgraue Herrenweste an, die ich zu der Zeit kaum auszog. Christiane, an die Rolle der vermittelnden Dritten gewöhnt, war die Hüterin des Feuers und zog die Streichhölzer hervor. Ich schnitt der Zigarre den Kopf ab. Sandra rauchte sie an.

Ich konnte mir nicht helfen, es war sexy: In dem Moment, als sich Sandra die Zigarre zwischen die Lippen klemmte, sie anrauchte und das erste Mal inhalierte, lag ein Ausdruck von so vollkommener Befriedigung auf ihrem Gesicht, daß ich fast

vor ihr auf die Knie gefallen wäre. Ich wußte, daß ich nicht mehr lange so weitermachen konnte. Christiane merkte nichts davon, sie glaubte immer noch, dieses Ritual würde unsere Dreierfreundschaft auf immer stabil halten. Aber in dem Moment, wo Sandra cool die Augen zusammenkniff und mir mit einem Blinzeln die Zigarre weitergab, war ich verloren. Das L-Wort stand drohender denn je am Horizont.
Es gab weitere Momente. Sandra nach dem Reiten auf einer satten Marschwiese im Frühling, groß, knochig, wild. In ihren dunklen schulterlangen Haaren stand der Wind und zauste es, daß ich am liebsten mit der Hand hineingelangt hätte. Sie stapfte über die Wiese, einen dicken schmutzigweißen Rollkragenpullover mit Zopfmuster, ausgebeulte Jeans und schwarze hohe Gummistiefel. Ein paar Meter vor mir blieb sie plötzlich stehen, stemmte die Fäuste in die Seiten und begann laut zu lachen. Sie lachte mich an.
Sie roch immer nach frischer Wäsche, unendlich gesund und vertrauenswürdig. Ich wollte meine Nase in ihrem blauen T-Shirt vergraben, das sich wundervoll von ihrer sonnengebräunten Haut abhob. Sie duftete bestimmt nach Milch, wenn ich näher an sie heranginge. Sie würde mich mit allem ernähren, was sie zu geben hatte; nichts, was von ihr käme, wäre schlecht für mich. Ich ahnte ihre Brüste, die etwas kleiner waren als meine. Sie machten mich verlegen, ich hätte sie so gerne berührt und hatte doch Angst vor diesem Schritt, weil ich noch kaum mit der Existenz meiner eigenen Brüste zurechtkam.
Sie lief über die Wiese auf mich zu, immer noch lachend. Sie stolperte, und ich fing sie auf. Dann war alles ganz einfach. Wir ließen uns einfach nicht mehr los. Ich spürte die aufgerauhte Haut an ihren Ellenbogen, wo ich sie aufgefangen hatte. Ihre großen, flatternden Hände lagen auf meinen Oberarmen. Wir schauten uns nicht an. Ihr Griff wurde so stark, daß es wehzutun begann. Ich würde blaue Flecken bekommen, die mich daran erinnerten, wie sehr sie mich begehrte. Sie hinterließ ihr Zeichen, sie drückte mir ihren Besitzerstempel auf.

Ich hob den Kopf und schaute sie an. Sie hatte sich vor Ungeduld auf die Lippen gebissen. Ihre Unterlippe war aufgesprungen und blutete. Ein kleiner roter Tropfen schimmerte auf der Haut. Ich konnte nicht widerstehen und leckte ihn schnell weg, verstohlen, wie eine Katze, die Milch stiehlt. Plötzlich schreckte Sandra zusammen und wies hastig mit dem Kopf zur Seite, zum Haus. Ihre Mutter hatte uns die ganze Zeit aus dem Küchenfenster heraus beobachtet. Jetzt drückte ich ihr zur Bestätigung fest die Arme. Wir würden uns nicht mehr loslassen, das war uns klar. Nie mehr."

Ich holte tief Luft und fragte dann: „Charlotte, was war *dein* schönstes Erlebnis mit einem Mädchen, an das du dich erinnerst?"

„Wir saßen in einem Maulbeerbaum in den Pyrenäen. Die Berge waren blauschwarz, und die Haare des Mädchens leuchteten dunkelrot dagegen. Sie trug ein schwarzes Hemd. Die Beeren waren sehr reif. Jede zweite, die wir pflückten, zerplatzte uns zwischen den Fingern, und der Saft lief uns wie Blut die Arme hinunter. Da wir uns in der Hitze alle paar Minuten die Stirn wischten, waren auch bald unsere Gesichter mit Saft bedeckt. Es war, als würden wir uns für einen erotischen Krieg bemalen. Der Saft rann uns bis in die Achselhöhlen. Wir klebten am ganzen Körper und rochen süß und stark nach den Früchten. In der Bucht zwischen ihren Brüsten verlief eine rote Spur, bis sich der Saft im Stoff verlor."

„Das klingt schön! Und dann?"

„Jetzt will ich wissen, wie es mit dir und dieser Sandra weiterging."

„Na wie wohl."

„Sag schon, dann erzähl' ich dir auch alles, okay?"

„Gut. Wir gingen eng umschlungen durch unsere Stadt. Ich

meine, eine Kleinstadt! Wir machten häufig stundenlange Spaziergänge über die Wiesen, wo uns keiner sehen konnte, und dann blieben wir stehen, wandten uns einander zu, streichelten den Rücken der anderen und begannen, uns langsam zu küssen. Bei ihren Eltern konnten wir uns nicht mehr treffen, weil die Mutter uns kontrollierte, indem sie ständig an die Tür klopfte und Tee und Kekse brachte. Sie sprach uns jedoch nie auf ihren Verdacht an, und als die Nacht kam, wo meine Eltern verreist waren, durfte Sandra seltsamerweise bei mir übernachten.
Da saßen wir nun, die Chipstüte war leer, der Fernseher ausgeschaltet, wir hatten uns über alles unterhalten, was in der Schule passiert war, und es war Zeit, ins Bett zu gehen. Wir waren verlegen. Keine von uns hatte eine Vorstellung von dem, was wir tun sollten. Beide klammerten wir uns an unsere Teebecher. Plötzlich fragte sie: 'Könntest du dir vorstellen, mit einer Frau zu schlafen?' Ich erstarrte und schwieg. Schließlich antwortete ich vorsichtig: 'Ja, wenn ich sie wirklich liebe.' - 'Woran merkst du, daß du eine Frau wirklich liebst?' Darauf wußte ich mit vierzehn keine Antwort und haßte mich dafür. 'Komm her", sagte Sandra.'

Nach all den Jahren erschöpfte mich die Erinnerung noch immer: „Reicht das jetzt, Charlotte?"

„Keinesfalls."

„Sie hat mir einen geblasen, und es war unglaublich schön. Es war mein erster Orgasmus überhaupt. Danach waren wir zwei Jahre ein Paar. Wir sind richtig miteinander gegangen. Allmählich wurde auch meine Mutter mißtrauisch und fing an, uns ebenfalls mit Tee und Keksen zu belästigen, wenn wir gerade schmusen wollten. Also, es war nicht einfach. Christiane, du erinnerst dich, die Dritte, hatte sich von uns abgewandt und andere Freundinnen gefunden. Sie ahnte, was wir taten, und es war unerträglich für sie, glaube ich. Sandra wurde eine richtige kleine Butch, nur für mich. Sie begann, Handball zu spielen, schnitt ihr Haar kurz und trug fortan immer die blaue Lederjacke ihres Vaters. Sie sah scharf aus. Leider sahen das auch die anderen Handballerinnen. Du kennst mich, ich war ja schon damals gegen Sport und habe lieber gelesen, als irgendwelche Bälle in die Fresse zu bekommen. Kurzum, mit sechzehn verließ mich Sandra wegen einer anderen Handballerin. Ich habe mich mit Virginia Woolf getröstet."

„Hast du sie noch mal wiedergesehen?"

„Ja, wir treffen uns immer wieder auf irgendwelchen Frauenfeten, wenn ich mal in Hamburg bin. Das letzte Mal, als ich sie sah, trug sie einen Smoking. Stell dir vor, ein Meter achtzig, durchtrainiert, einen akkuraten Zwanziger-Jahre-Schnitt. Die Frauen waren hinter ihr her, das glaubst du nicht. Aber rate mal, wer sie gekriegt hat! Genau. War aber nicht so toll. Alte Sachen soll man nicht aufwärmen, das ist, wie mit seiner Schwester ins Bett zu gehen."

„Jetzt kann ich wenigstens schlafen, weil ich weiß, wie's ausgegangen ist. Na gut, ich mach jetzt mal Schluß, weil ich gleich verabredet bin."

„Tschüß dann, Charlotte. Mach's gut."

„Tschö."

Neulich in meiner Küche

Irgend etwas mache ich immer falsch, wenn ich eine Frau verführen will. Ganz fatal war zum Beispiel der Versuch, eine Flamme durch meine neuesten Kenntnisse auf dem Gebiet der Dostojewski-Forschung zu beeindrucken. Sie war wohl beeindruckt, aber natürlich auch völlig abgeturnt. Und mal ehrlich - wer würde schon eine Frau wollen, die durch solch ein Thema in Fahrt kommt! Da liegt eben der Hund begraben: Ich will keine Frau, die so bekloppt ist wie ich, ich will was Vernünftiges, und die vernünftigen Frauen dieser Welt wollen mich nicht.

Aber an dem, was neulich passierte, trifft mich einfach keine Schuld. Da war diese wahnsinnig niedliche Verkäuferin in meinem Teeladen um die Ecke, der zwei Schwulen gehört. Sie konnte kaum älter als zwanzig sein und sah wie Tippi Hedren aus, was der gerade aktuelle 60er-Jahre-Look noch unterstrich. Vielleicht erinnern Sie sich: Tippi Hedren ist diese mörderische Hitchcock-Blondine aus „Die Vögel“ und „Marnie“, die - zum Leidwesen ihrer Begleiter - das Böse anzieht wie Goldstaub. Und ich mag ja bedrohliche Frauen.

Die Verkäuferin also hatte sich ihr halblanges gebleichtes Haar mit Klammern hinter die Ohren gesteckt, was ihr das Aussehen eines verdorbenen Schulmädchens gab, Wimpern, die so lang und so stark getuscht waren, daß sich locker Wäsche daran aufhängen ließ, eine Art fusseligen Schafpelzmantel und einen Ring durch die linke Augenbraue. Aber mehr noch, sie hatte Persönlichkeit. Sie hatte echt Klasse. In fünf Jahren würde sie atemberaubend sein. Ich betete sie schon jetzt an.

Ich hatte in meinem Leben noch nicht so viel Tee getrunken wie seit dem Tag, als ich sie das erste Mal dort stehen sah. Noch jetzt stapeln sich in meinem Küchenregal die Tüten mit Earl Grey, Weihnachtsmischung und grünem Tee. Am liebsten bestellte ich übrigens Früchtetee, weil es so bezaubernd war, sie mit butterweicher Stimme zu bitten: „Ich hätte gerne hundert Gramm 'Kaminzauber'!“ Sie sagte nie nein. Wir kamen dank meines aberwitzigen Teekonsums schon bald ins Gespräch. Ich bekam immer tolle Musiktips von ihr.

Manchmal, wenn gerade keine Kunden im Laden waren, spielte sie mir auch was vor. Es fiel mir nie schwer, mich auf Anhieb in genügend Weltschmerz zu versetzen, um die wummernden Bässe genießen zu können.
Zwei Wochen lang war ich nur friedlich verknallt, aber irgendwann hatte ich eine Flaute und langweilte mich. Das ist der Moment, wo die fixen Ideen zuschlagen. Es wurde schlimmer. Immerhin besaß ich schon zwei Tätowierungen, aber ich ging noch zu demselben Leichen-Make-up wie sie über, kaufte mir eine dieser formlosen Strickmützen, die einem immer über die Augen rutschen, ein paar Springerstiefel mit Stahlkappe und einen guten Stapel Schmerzmusik der 90er, wo junge Frauen mit vor Wut kippender Stimme wie zuckendes, rohes Fleisch singen. Annemarie brach in schallendes Gelächter aus, als ich mittags auf einen Kaffee ins Kap Horn kam.
„Wie alt bist du, Suse - sechzehn?? Du siehst aus wie ein Kolchosebauer nach einem langen Arbeitstag!"
„Annemarie! Sie ist SO SÜSS!"
„Na gut, dann erzähl mal. Einen Milchkaffee?"
„Ja, vielen Dank."
„Also, wer ist so süß, du Kinderschänderin? Deinem Outfit nach zu urteilen, kann sie gerade erst volljährig geworden sein."
„Ich bin selber gerade mal achtundzwanzig!" protestierte ich heftig. „Die Frau im Teeladen von Jochen und Werner."
Annemarie grinste. „Achtundzwanzig ist scheintot, meine Liebe." Sie goß den Schaum auf die Tasse, streute ein wenig Zimt darauf und stellte sie vor mich hin. „Ach, die Katharina! Da hast du dir aber was vorgenommen. Sieht aus wie ein Engel, aber hat 'ne Zunge wie ein Rasiermesser. Ich weiß noch nicht mal, ob sie lesbisch ist, und ich glaube, sie weiß es selber nicht. Echt, laß es, Suse!"
Ich versuchte es. Ich hielt mich an meine Teevorräte. Ich tauschte die Stahlkappenstiefel, die sich überhaupt nur mit Mühe vom Boden heben ließen und die mir die Zehen stauchten, wieder mit den üblichen schwarzen Cowboyschuhen und warf *k. d.* in den CD-Player. Es half nichts. Ich roch trotzdem

schon die Katastrophe. Ich hätte einfach nicht rückfällig werden und die Frau spontan zu mir nach Hause einladen dürfen, dann würde sie heute noch mit mir reden.
Sie mußte auch irgendwo in der Südstadt wohnen, denn ich begegnete ihr manchmal auf der Straße, und wir winkten uns zu. An einem Samstagnachmittag traf ich sie vor dem „Plus“. Mit klopfendem Herzen ergriff ich die Gelegenheit und fragte sie, ob sie nicht Lust hätte, sich den Mitschnitt eines Alanis-Morissette-Konzerts auf Video anzugucken, den meine kanadische Freundin mir gerade geschickt hätte. „Ja! Wow!“ - „Ich wohne gleich gegenüber.“ Vielleicht hatte Annemarie doch gar nicht so unrecht mit der Kinderschänderin, dachte ich mit schlechtem Gewissen, wurde dann aber von meinem Erfolg davongetragen.
Schon als ich die Wohnungstür aufschloß, fühlte ich, daß irgend etwas nicht stimmte, aber was? „Schöne Wohnung“, sagte Katharina, während sie sich umschaute. „Wohnst du hier alleine?“ - „Nein, ich habe noch eine Mitbewohnerin.“ Wir gingen den langen Flur zu meinem Zimmer durch. Ich ließ die Zimmertür offen, damit sie sich wohlfühlte. Schließlich kannten wir uns bisher nur aus dem Laden, eine ziemlich formelle Angelegenheit. Wir quatschten ein wenig auf dem Sofa, und schließlich begann es draußen zu regnen. Dachte ich jedenfalls, bis ich aus dem Fenster schaute und feststellte, daß es staubtrocken war. Katharina schaute, als sie meine Irritation bemerkte, auch hinaus und sagte überrascht: „Komisch, es regnet ja gar nicht! Was sind denn das für Geräusche?“
Ich lauschte genauer und hörte, daß die Geräusche aus Christinas Zimmer kamen. Ich ahnte Schreckliches. Das war kein Regen, das war Peitschenprasseln! Wenn ich die Frau in die Finger bekäme, würde sie von mir noch eine Extratracht Prügel kriegen. Ich hatte ihr bei meinem Einzug laut und deutlich gesagt, sie solle ihre komischen SM-Performances nur nachts, wenn ich schliefe, abhalten, und jetzt hatte ich ausgerechnet Katharina zu Besuch. „Ach, irgendwas, ich weiß auch nicht. Hättest du eigentlich Lust auf einen Tee?“ sagte ich verzweifelt, um sie von dem Prasseln abzulenken. „Gerne“, sagte

Katharina freundlich und zwinkerte mir zu. Wie erkläre ich einer Zwanzigjährigen, daß die Welt nun mal pervers ist?
Ich schob sie freundlich, aber bestimmt auf die Küche zu, die weitab von Christinas Zimmer lag. Wir könnten hier Tee trinken. Dachte ich jedenfalls, bis ich die Tür öffnete und gleich wieder hinter mir schloß, die verblüffte Katharina aussperrend. „Bin gleich wieder da!" Hoffentlich hatte sie nichts gesehen. Da hockte Gesine Schäfer, die ich sonst nur flüchtig vom Tanzkurs im *Schulz* kannte, an unseren Kühlschrank gekettet, nur mit einem Hundehalsband bekleidet. Übrigens kein Gramm zuviel, die Gute. „Gesine!" fauchte ich fassungslos. „Was machst du denn hier! Und wo sind die Schlüssel, verdammt noch mal!" - „Christina ist einkaufen gegangen und bestraft mich gerade, indem sie so tut, als hätte sie mich hier vergessen. Sie hat die Schlüssel mitgenommen. Tut mir echt leid, Suse!" Sie zuckte hilflos mit den Schultern. Ich hätte ihr fast eine geklebt: „Es ist drei Uhr nachmittags, und ich habe Besuch! Das geht nicht, echt nicht! Ihr habt sie ja nicht alle!" Leise vor mich hinfluchend setzte ich hastig Tee auf, um Katharina nicht noch weiter zu verwirren. Kaum hatte ich das Teesieb ins Wasser getunkt, flog es auch schon wieder in den Ausguß, und ich sauste mit dem schweren Tablett in mein Zimmer, wo ich Katharina wiederfand. Sie strich sich mit dem Daumen, an dem ein dicker Silberring prangte, eine blonde Strähne aus der Stirn und sagte: „Komisches Geräusch. Das ist gar kein Regen. Zwischendurch hört es auf, dann ist es mal stärker oder schwächer. Es hört sich mehr wie feuchte Holzscheite im Feuer an, aber das kann doch nicht sein."
„Nein, wirklich seltsam!" entgegnete ich, mit den Nerven am Ende, und stellte das Tablett ab. Aber wenn wir hier in meinem Zimmer blieben und endlich das Video einwarfen und laut aufdrehten, konnte eigentlich nichts Schlimmes mehr passieren.
Alanis Morissettes gespenstisch ausdrucksstarkes Gesicht erschien. „Isn't it ironic", ausgerechnet. Ja, dieses ganze Leben ist ein Witz, und Hauptsache, du verlernst das Lachen nicht, dann macht es sogar wahnsinnig viel Spaß. Prasseln und

Gesine waren bald vergessen. Bei „You Oughta Know“ schrie ich fast vor Begeisterung, und Katharina griff spontan nach meiner Hand, was mir die Hitze in den Kopf trieb. Ihre langen Wimpern flatterten aufgeregt. Da hämmerte es laut an der Tür, und ehe ich „Nein!“ brüllen konnte, stand Beatrice, eine Freundin von Christina, mit nassen Haaren im Türrahmen und fragte: „Hast du noch irgendwo Zigaretten?“
Sie hatte wohl gerade geduscht. Katharinas Augen weiteten sich vor Entsetzen, und sie ließ meine Hand fallen. Da erst blickte ich an Beatrice herunter und sah, daß sie nur Unterwäsche trug, die den Blick auf die Spuren ihrer letzten Spiele mit welcher-auch-immer freigab. Sie sah aus, als wäre sie kürzlich vor einen Bus gelaufen: eine einzige bunte Mischung aus Striemen und blauen Flecken in den unterschiedlichsten Schattierungen. „Tut mir leid, Susanne, aber das ist echt too much für mich!“ Katharina sprang auf, griff sich ihre Jacke, und ich hörte noch die Tür zuschlagen.
Das war auch too much für mich, ich war stinksauer, und zwei Monate später bin ich bei Christina ausgezogen. Und sicherheitshalber zu Kaffee übergegangen. Die Frau im „Tchibo“ ist nämlich garantiert hetero und garantiert vierzig. Scheintot eben.

Gefesselt

Mit Bedauern erinnerte sich Charlotte, wie sie Weiberfastnacht 1992 noch gedacht hatte: „Diese Miriam ist irgendwie verdreht". Aber als sie eben durch den Türspion schaute, gewann ihre soziale Ader mal wieder die Oberhand, und sie hatte ihr aufgemacht.
„Setz dich!" brüllte Miriam und gab ihr, der die Hände mit Handschellen auf den Rücken gefesselt waren, einen Schubs, daß sie unsanft auf dem harten Küchenstuhl landete. *In meiner eigenen Küche*, fluchte Charlotte insgeheim. Und was um alles in der Welt trieb die einst so sanfte Spiri-Frau zu diesem Verhalten?
„Du hast mich vergewaltigt!"
Charlotte sabberte vor Schreck auf ihr Sweatshirt. Diese Frau war völlig wahnsinnig. Ihre Affäre war mindestens fünf Jahre her und an der Betulichkeit der Älteren eingeschlafen. Vielleicht hatte die Menopause ein hormonelles Chaos bei Miriam verursacht? Sie spürte, wie die Feuchtigkeit ihrer Spucke auf die Haut drang.
Miriam machte es sich auf dem anderen Küchenstuhl gemütlich und legte die Füße auf den Tisch. *Das ist nicht gut für's Karma.*

„Also, ich habe das in meiner Rückführung herausgefunden. Ich lebte um 1810 alleine auf einem Cliff in Cornwall. Im Dorf galt ich als Hexe, weil ich Kräuter sammelte und mit ihrer Hilfe Mensch und Vieh heilte."
Natürlich. Wie langweilig.
„Eines Nachts standest du als Mann vor meiner Tür."
Kleine Schweißperlen sammelten sich auf Miriams Oberlippe. Charlotte erinnerte sich mit Schrecken daran, daß sie es nie gemocht hatte, Miriam zu küssen. Als ob sie mit einem Radiergummi knutschte. Hätte sie mal gleich beim allerersten Kuß auf sich gehört, dann säße sie heute vormittag nicht in dieser Patsche.
„Ich habe dich hereingebeten, aber du hast meine Gastfreundschaft mißbraucht, indem du mich dreimal vergewaltigt hast."

Charlotte spürte, wie sie vor Angst zu glühen begann. Früher war es nur die Astrologie gewesen, und daß Charlotte als Sternzeichen Jungfrau leider nichts für ihre uninspirierte Art konnte. Was war geschehen, daß Miriam derartig die Balance verloren hatte?

„Ich werde dir jetzt alles noch einmal erzählen, Detail für Detail, falls du dich nicht mehr erinnerst. Solange hältst du den Schnabel - du hast mich noch nie ausreden lassen."
Erleichtert stellte Charlotte fest, daß ihre Gedanken bei der Aussicht, den Knebel aus dem Mund zu bekommen, wieder klarer funktionierten. Gutes Zureden würde Miriam vielleicht ein wenig besänftigen.
„Du hast mich gepackt und kopfüber an der Vorrichtung für Dörrobst im großen gemauerten Kamin aufgehängt, so daß mir meine ärmlichen, schmutzigen Röcke über den Kopf flogen und mein Geschlecht freilag. Und dann hast du es getan."
Charlotte gruselte sich. Wenn sie gekonnt hätte, hätte sie jetzt an den Nägeln gekaut. Ihre Phantasie war so empfindsam, das würde jetzt wieder Wochen dauern, bis sie diese gräßlichen Bilder verdrängen konnte. Und wo hatte Miriam bloß dieses Zeug her? Aus einem Landserroman, mit einem Schuß Rosamunde Pilcher?
„Dann hast du mich flüchtig gesäubert, abgenommen wie ein steifes Brett, das ich durch das Abwärtshängen auch geworden war, und mich zum massiven gedrechselten Eichentisch aus der Cromwell-Zeit getragen, den ich von meiner Großmutter geerbt hatte. An jedes Tischbein hast du mit einem roten Tuch ein Fuß- oder Handgelenk geknüpft, mir wieder die Röcke über den Kopf geworfen, und dann hast du es wieder getan."

Charlotte starrte sie mit schreckgeweiteten Augen an. Hoffentlich war das hier bald vorbei, tot oder lebendig. Eigentlich wollte Suse sie um elf, also in zehn Minuten, zu einem Spaziergang rausklingeln. *Lieber Gott der Perversen, hilf!* Aber irgendwie war sie auch gespannt auf Nummer drei. Das war echt Porno pur.

„Und dann hast du mir die Lumpen vom Körper geschnitten und mich mit Seifenkraut und warmem Wasser gewaschen, bis ich schäumte und glänzte wie ein rosa Schweinchen und ganz entspannt war. Und dann hast du es zum dritten und letzten Mal getan, mich danach losgebunden und bist ohne einen Gruß wieder in die Nacht hinausmarschiert."
Wäre es ihr wirklich lieber gewesen, ich hätte „Auf Wiedersehen" gesagt?, überlegte Charlotte.
Miriam schluchzte. Die dunklen Locken hingen ihr in Strähnen um die Ohren. Charlotte spürte kein Mitleid, nur kalte Wut. Als sie sich wieder gefangen hatte, sagte ihre Ex:
„Ich wollte nur, daß du das weißt. Dein jetziges Leben als diplomierte Biologin, die Taxi fahren muß, weil sie keine Stelle findet, und deine schlechten Zähne, und vor allem deine Frigidität sind die Strafe für das, was du mir in einem früheren Leben angetan hast. Ich öffne dir jetzt die Handschellen, und du zählst regungslos bis zehn, sobald ich verschwunden bin. Sonst passiert deiner Katze etwas."

Gerade als Charlotte bei acht angekommen war, klingelte es. Ungeduldig zerrte sie sich das Spültuch aus dem Mund, stürzte zur Tür und riß sie auf:
„Suse! Du AHNST nicht, was mir gerade PASSIERT ist!"
Die Vorhänge des geöffneten Fensters bewegten sich leicht im Wind.

She's the only joy in town

Ich hatte einen neuen Job in einer neurologischen Praxis gefunden: Tippen, Kaffeekochen und Verwaltung machen. Das machte Spaß, weil immer ein paar Lesben vorbeikamen, die sich für die Kasse zu einer Therapeutin überweisen lassen wollten. Die Neurologin war selber lesbisch, wie auch meine Freundin Vera, die als gelernte Arzthelferin mit mir hinter der Theke saß, aber ansonsten war alles gemischt. Ich mochte den Job. Er entsprach meiner Realität, irgendwo zwischen Wahnsinn und Gesundheit. Ich hatte so viel Zeit mit Therapien verbracht, daß es mir fast wie Gerechtigkeit erschien, die Richtung des Geldflusses einmal umzudrehen.
Ich hatte auch inzwischen ein neues Techtel gefunden. Sie hieß Petra, roch nach Nivea und war in der Evangelischen Studentengemeinde aktiv. Leider. Diese Besinnlichkeit war nichts für mich. Sie wollte immer nur küssen, und wenn ich besonderes Glück hatte, durfte ich für einige Stunden ihre Daumen massieren. Währenddessen wurde ich spitz wie Lumpi, aber sie sagte, wenn sie die Gier in meinen Augen sah, nur traurig: „Ach Susanne, ich wünschte, du wärest nicht so schnell. Ich muß mich erst an das alles gewöhnen." Ich wurde immer kleiner, weil ich mir allmählich triebhaft vorkam. Da saß ich also hinter meiner weißen Resopalplatte, in meinem weißen Kittel, der vorgab, ich wäre weniger verrückt als die Frauen und Männer, die hierherkamen, um Hilfe zu suchen. Gerade war es noch leer. Vera war gerade mit einer Patientin beschäftigt. Jetzt, genau jetzt würde ich Petra anrufen und ihr die Pistole auf die Brust setzen.
Ich wählte. Ich hörte das Freizeichen.
„Hallo?"
Oops. Da mußte ich jetzt durch.
„Hallo Petra."
„Susanne?"
Ich haßte solche Dialoge. Was sollte ich überhaupt von einer Geliebten halten, die nicht einmal meine Stimme auf Anhieb erkannte und sich nicht dazu durchringen konnte, die Koseform zu benutzen? „Susanne" nannten mich nur meine Eltern, wenn sie mich erniedrigen wollten. Vermutlich war

dies das Ende, aber ich wollte endlich Genugtuung haben für dieses ganze Aufzehenspitzengehen. Einen finalen Knall.
„Petra, du bist echt ein Fels. Ich habe es satt, hörst du? Ich habe es total satt, immer nur deine Daumen zu massieren!"
Stille.
„Ich will mit dir schlafen. Heute nacht. Ich werde ganz zärtlich und geduldig und alles sein, ich meine, ich BIN sowieso zärtlich und so weiter, nie anders gewesen. Nur, behandle mich nicht mehr so!"
Ich begann zu weinen. Inzwischen war Vera zurück und betrachtete mich interessiert. Sie legte mir zur Beruhigung eine Hand auf die Schulter und schaltete dann den Lautsprecher der Telefonanlage ein.
Petras Schweigen hallte als Rauschen durch den Empfangsraum.
„Ich weiß, wir kennen uns erst seit zwei Monaten, Petra, aber verdammt, ich bin nur ein Mensch aus Fleisch und Blut! Sag mir doch wenigstens, was falschläuft! Hast du schlimme Erlebnisse gehabt? Ich weiß, das sagt sich auch nicht so leicht am Telefon, aber dann könnte ich wenigstens verstehen, warum du keinen Sex willst! Ich könnte warten!"
Vera neben mir begann leise zu prusten.
„Ich bin echt kein Tier, weißt du, aber wenn ich deinen schönen Nacken, deine schönen schrägen braunen Augen sehe, dann wird mir ganz anders, dann möchte ich dich berühren und abküssen und..."
„Vögeln", murmelte Vera nüchtern.
„Petra, sag doch etwas! Laß es nicht so auseinandergehen!"
Meine Chefin stand vor uns und warf mir einen nachdenklichen Blick zu. „Hört mal, so geht das nicht. Das ist Privatleben, klar? Nach der Arbeit." Ich nickte bereitwillig, weil ich meine Chefin wirklich liebte. Wie die meisten Lesben sah sie zehn Jahre älter aus, als sie wirklich war, aber sie war total sexy, die Erfahrungen hatten sich in ihr gesammelt wie die Süße in einer Frucht. Dann verschwand sie.
Als ich den Hörer wieder an mein Ohr hielt, hörte ich nur noch ein Klicken. Ich brach in Schluchzen aus und ließ meinen Kopf auf die verschränkten Arme sinken. Vera tätschelte

mir den Rücken. „Suse, das ist ein uraltes Lesbending. Hast Du noch nie davon gehört, die Nein-Sagerin und die Ja-Sagerin? Die eine jagt die andere, und die andere sagt einfach immer nur 'Nein', egal was die erste auch tut. Hat nichts mit dir zu tun." - Ich konnte allmählich wieder sprechen. „Für mich klingt das einfach nach Quälerei!" protestierte ich. Vera griff mir ins Haar und schüttelte herzhaft meinen Kopf: „Sieh den Tatsachen ins Auge, Suse! Was auch immer mit der Frau los ist, sie liebt dich einfach nicht. Du bist im Grunde deines Herzens so eitel, du glaubst immer, wenn du dich mal herabläßt, eine zu lieben, müßte sie dich sofort zurücklieben. Ist aber nicht so."

Es schellte an der Tür. Vera gab mir fünf Sekunden, damit ich mir den Rotz abwischen und mich in Positur setzen konnte. Wenn Patienten heulende Arzthelferinnen zu Gesicht bekommen, verlieren sie vielleicht noch völlig den Glauben an die Menschheit. Oh nein, ausgerechnet Herr Schoenberg, unser alter Spezi. Er war Rechtsanwalt, ein blasser, kleiner Mann um die vierzig, der Lieblosigkeit ausdünstete wie Alkohol. Seine Frau hatte ihn schon lange verlassen, und seitdem verlor er Stück für Stück den Boden unter den Füßen, wenn es nicht gerade um juristische Dinge ging. Mich überkam das ungute Gefühl, daß auch er heute die Stunde der Wahrheit anpeilte, Vera durfte nicht weggehen. Ich gab ihr unter dem Tresen einen kräftigen Tritt.

Herr Schoenberg stand mit Hundeaugen vor mir und gab keinen Ton von sich. Ich war in diesem Leben scheinbar mit großen Schweigern geschlagen.

„Nein!"

Er wandte seinen verzweifelten Blick nicht von mir ab.

„Nein, ich gehe nicht mit Ihnen aus! Erst mal gehe ich generell nicht mit Patienten aus, und zweitens dürfen Sie auf Ihre Tabletten nicht saufen!"

„Bitte?" wimmerte er leise. Seine Augen waren rotgerändert, und die Rasur war eindeutig von gestern.

„Außerdem bin ich lesbisch, das Bett würde eh kalt bleiben. Und ehe Sie sich jetzt auf meine Kollegin stürzen - das ist auch 'ne Lesbe. Also, warum suchen Sie sich nicht eine nette heterosexuelle Frau außerhalb dieser Praxis und lassen uns in Ruhe?"

Ich haßte mich dafür, so grob zu sein, zumal ich die Antwort wußte: weiße Kittel strahlen Kompetenz aus, und an die Ärztin traute er sich nicht ran. „Everbody hurts", singt Michael Stipes von R.E.M. Eben noch hatte mich Petra zur Schnecke gemacht, jetzt tat ich einem abgedrehten armen Teufel weh, von dessen Zustand ich womöglich nicht weit entfernt war. Aber ich kann Liebe und Mitleid unterscheiden. Vera trat mich zurück, um mich zu mäßigen.

Herr Schoenberg streckte seine Hand aus und ließ eine kleine hellblaue Karte auf den Tresen gleiten. Dann ging er, ohne sich noch einmal umzudrehen.

Ich nahm die Karte und drehte sie um. „Deutsche Gesellschaft zur Erforschung des Schmerzes" stand darauf. Wie poetisch. Ob sie etwas herausgefunden hatten über die vielen verschiedenen Arten des Schmerzes und seine Ursachen? Es rührte mich, daß sich bedeutende Wissenschaftler, Männer und Frauen, mit einem so großen und gleichzeitig so banalen menschlichen Anliegen befaßten. Wollten sie den Schmerz beseitigen, oder wollten sie ihn bloß erkunden? Aber ich durfte bei Herrn Schoenberg einfach nicht weich werden, mein Sinn für Bizarres brachte mich leicht in Teufelsküche.

„Hallo?"

Während ich noch versunken die Karte betrachtete, hatte Vera wieder den Türdrücker betätigt, obwohl ich kein Klingeln gehört hatte. Später sagte sie mir: „Och, ich habe, wie ich das manchmal so tue, bloß auf den Monitor geguckt, weißt du, um zu schauen, wie die Patienten dann unten vor dem Hauseingang stehen und sich den Kragen zurechtzupfen vor dem Videoauge. Als ich sie da stehen sah, habe ich automatisch an dich gedacht und aufgedrückt."

Als ich meine Augen hob, wußte ich, daß ich endlich meine große Liebe gefunden hatte. Das war ein bißchen viel für einen einzigen verdammten Vormittag. Sie war wie ich und doch ganz anders - ein dunkler Zwilling. Meine Haut war heller als ihre, als mein Arm später neben ihrem auf den Laken ruhte. Wo ich groß und mollig war, war sie schlaksig und fest. Ihre lebhaften Augen versprachen die Laster eines venezianischen Dogen, keine kleine gepflegte Sauferei hier und da wie unsereins, sondern Taten, die einfach zu ungeheuerlich waren, um sich irgendwann an sie zu erinnern. Und ihre fast schon groben Finger mit den stumpfen Kuppen und nach Männerart gerade abgeschnittenen Nägeln versprachen die Erfüllung dieses Versprechens. Gerade ruhten sie vor mir auf dem Tresen und tippten ein wenig nervös vor sich hin. „Atmen", flüsterte Vera mir besorgt ins Ohr, „du mußt atmen, Suse."

„Guten Tag, ich hatte für zehn einen Termin bei Frau Dr. Weger."

„Wie ist Ihr Name?" krächzte ich.

„Francesca Botero."

Schon der operettenhafte Name war Sex.

„Gut, setzen Sie sich schon mal auf den Stuhl dort vorne und füllen dieses Formular aus. Die Chefin wird Sie dann hereinrufen."

Eigentlich hätte ich sie ins Wartezimmer schicken müssen, aber dann hätte ich mich um das Vergnügen ihres Anblicks gebracht. Vera zischte: „Du Ratte!"

Ich konnte nicht anders, als sie über den Tresen hinweg anzustarren, und es war mir wurscht, ob sie es merkte oder nicht. Vielleicht war es psychopathisch, aber ich wußte einfach, wir waren füreinander bestimmt.

Ihre Zunge war so lang, daß sie sich mit der Spitze auf die Nasenwurzel hätte tippen können. Weil sie ein steifes Bein, mit schwarzem Arbeitsstiefel beschwert, hinter sich herzog, umgab sie die tragische Noblesse einer Kriegsveteranin. Struppiges, kurzes schwarzes Haar, schwarzes T-Shirt, auf dem in Pink „Christinnen = Sadistinnen" stand, Khakishorts und leuchtende Tätowierungen auf Oberarmen und Knöcheln. Ich riß mir den obersten Hemdknopf auf, um wieder Luft zu bekommen. Ich schwamm in Glückshormonen.

Francesca blinzelte zurück, und unsere Augen trafen sich für einen winzigen Moment. Sie sah genauso verwirrt aus. Die Liebe hatte uns wie eine Gehirnerschütterung getroffen. Gierig las ich den Anamnesebogen, den sie mir zurückgab, nicht ohne mir noch einmal einen langen fragenden Blick zuzuwerfen. „Schumacher, das grenzt an Belästigung“, sagte Vera, während sie auf das Keyboard eindrosch, um Patientendaten in den Computer einzugeben. „Aber irgendwie klasse - andere erfahren das Krankheitsbild ihrer Geliebten erst, NACHDEM sie eine Beziehung mit ihr eingegangen sind. Du kannst noch wählen, Chéric.“

Studentin der Chemie (sie weiß alles über Dynamit). Italienerin, seit drei Jahren in Köln (warum hatte ich sie nicht eher getroffen). Hypomanische Zustände (wenn's weiter nichts war - die hatte ich auch. Besser manisch als in Nivea getränktes Sackleinen, dachte ich mit einem bösen Lächeln). Was mir aber letztlich das Genick brach, war die Intuition, daß sie meiner Mutter gefallen würde: Lehrerstochter etc., vor allem aber diese Selbständigkeit und aufmerksame Intelligenz, die sie ausstrahlte. Sie hätte meine Mutter zum Schweigen bringen können.

Ich hatte seit Jahren kaum noch Kontakt zu meinen Eltern, aber als ich diese Frau sah, konnte ich nur noch denken: „DIE würde deiner Mutter gefallen!“ Diese Ehre war bisher keiner meiner Freundinnen zuteil geworden, und jetzt, wo ich die ideale Frau getroffen hatte, gab es eigentlich keine Eltern mehr, denen ich sie hätte vorstellen wollen. Zu dumm. Aber es ging auch gar nicht darum, sie konkret vorzustellen. Irgendeine dämliche nostalgische Ader sagte mir einfach: „Wenn sie deiner MUTTER gefallen würde, hat die Geschichte bestimmt Hand und Fuß!“

Die Chefin rief Francesca herein. Die Minuten verstrichen. Während ich noch überlegte, wie ich bei der Eroberung am besten vorgehen sollte, stand Francesca plötzlich wieder vor mir und sagte: „Wie wär's, heute abend im Kap Horn? Um acht?“

Rache!

Der schwullesbische Geschlechterkrieg wird in den Frisörsalons dieser Stadt ausgetragen. Schwule Frisöre, und Köln ist voll von ihnen, sind noch die Nägel zu meinem Sarg. Heute zum Beispiel hatte ich mich, obwohl gerade das erste zarte Geld auf meinem Konto wuchs, zu blonden Strähnchen überreden lassen. Von Klaus, mit adrettem schwulen Bürstenhaarschnitt und Ziegenbärtchen und einem rot abgesetzten engen Pulli mit V-Ausschnitt, klein und kompakt. Sein After Shave, ein frischer Zitrusduft, erinnerte mich ein wenig an den Geruch von Klostein. Wenn ich's mir recht überlege, hatte er eigentlich von Anfang an schlechte Karten bei mir. Kaum schnippelte Klaus an meinen Haaren herum, hatte er mir auch schon beinahe vorwurfsvoll zu verstehen gegeben: „Liebes, dein Haar wirkt TOT." - „TOT?" fragte ich entgeistert zurück. „Ja, du hast so einen Graustich in den Haaren, das wirkt einfach TOT." Und da ich mich noch am selben Abend auf Freierinnenfüße begeben wollte, hatte ich den Strähnchen zugestimmt, denn die Vorstellung, Francesca könnte mein Haar ebenfalls TOT finden, war mir ein Graus: wenn ich sie heute abend nicht rumbekäme, sollte es jedenfalls nicht an meinem natürlichen Aschblond liegen.

Nach dem Schneiden, das - zugegeben - vorzüglich war, pickte er einzelne Strähnchen heraus, bestrich sie mit Peroxyd und wickelte sie in Alufolie. Am Ende hatte ich den ganzen Kopf mit kleinen blitzenden Aluplättchen bedeckt und sah aus wie ein Alptraum aus dem All. Ich haßte es sowieso, im Frisörsalon stundenlang meine eigene Fresse im Spiegel betrachten zu müssen, und versenkte mich dankbar in die „Bunte", die mir zum Überbrücken der Einwirkzeit gereicht wurde. Schließlich nahm Klaus die Alufolie ab, wusch mir die Haare, fönte mich und zupfte an mir herum, bis mir die Haare zu Berge standen wie Liz Taylor nach der achten Scheidung. „Ganz phantastisch, Susanne! Exzellent!" schnurrte er eilfertig. „Deine Freundinnen werden begeistert von dir sein, wenn ich mir die Bemerkung erlauben darf!"

Mißmutig starrte ich in den Spiegel. Die Strähnchen verwandelten mich endgültig in eine prollige Südstadt-Tusse und voll-

endeten, was Goldkettchen und Cowboystiefeln bisher nicht gelungen war. Klaus hielt einen kleinen runden Spiegel hinter mich, damit ich auch meinen frisch blondierten Hinterkopf bestaunen konnte, und tänzelte dabei unter kleinen Entzückensschreien um mich herum.
„Sag mal, Klaus." Mir platzte gleich der Kragen. Irgendwie überstieg diese texanische „Je höher das Haar, desto näher bei Gott"-Frisur gerade meinen Sinn für Humor. Irgendwie sahen die weißblonden Strähnen an meinem Haaransatz eher nach Omi aus als nach den „zauberhaften Lichtreflexen", von denen Klaus geschwärmt hatte.
Klaus blickte, vermutlich nichts Gutes ahnend, zu Boden und ließ das Spiegelchen sinken. „Ja?" nuschelte er.
„Was für ein Verhältnis hast du eigentlich zu Frauen?" fragte ich sachlich.
„Frauen?" fragte er verblüfft und starrte mich aus dem großen Spiegel vor mir an.
„Ja, Frauen, du weißt schon, diese rätselhaften Geschöpfe mit den runden Puddingförmchen unter dem Schlüsselbein, denen unten was fehlt. Frauen, Klaus."
„Jaja, ich weiß schon." Er klang ein bißchen gereizt, und das ganze Wiener Oberkellnergehabe fiel allmählich von ihm ab wie getrockneter Lehm. Jetzt war er ganz knallharter Geschäftsmann, das wahre Gesicht jeder Tunte, mag sie auch noch so wehrlos scheinen. „Was ist mit Frauen?"
„Du verstehst nichts von ihnen!" Jetzt wurde ich richtig wütend. „Du siehst in Frauen nur schwachsinnige Kundinnen, die du nach deinem Willen formen kannst und die dafür auch noch blechen. Kurzum", schloß ich triumphierend, „du bist ein FRAUENFEIND, Klaus!"
Die älteren Damen um uns herum fingen an zu tuscheln, und Klaus legte mir beiläufig eine feste, eiskalte Hand in den Nacken.
„Laß mich mit diesem Separatistinnenscheiß in Ruhe!" sagte er gepreßt. „Dann dürfte ich ja nur Schwulen die Haare schneiden, weil ich die wahre Natur von Heteromännern nicht verstehe." Der eisige Griff verstärkte sich. „Hör zu, wenn du

Ärger machen willst, verlaß sofort meinen Laden!"
Ich pflückte mit einer energischen Geste seine Hand ab, sprang auf und rief durch den ganzen Laden: „Meine Damen! Hören Sie, wie Herr Sobotka mir droht?! Haben Sie das mitbekommen, wie er Frauen behandelt? Würden Sie sich das gefallen lassen?!" Der Adrenalinkick war göttlich.
Die Damen zischelten entrüstet und machten Anstalten, sich mit einem kollektiven „Krrrrk" die Klettverschlüsse ihrer Frisörumhänge vom Hals zu reißen.
„FRAUENFEIND!" brüllte ich noch einmal und reckte die Faust zum feministischen Kampfgruß. Immer noch mit dem schwarzen Frisörumhang um die Schultern muß ich ausgesehen haben wie Dracula auf den Barrikaden.
Klaus stand röchelnd und vor allem zwei Köpfe kleiner vor mir und knirschte: „Hau ab. Wenn du nie wiederkommst, brauchst du nicht zu zahlen."
„Okay", sagte ich eine Spur zu schnell, legte gemächlich den Umhang ab, wischte mir die feinen Härchen vom Ausschnitt und schritt voller Würde aus dem Laden. Platzen sollte er. Jetzt konnte ich mir das schöne Hemd, das ich neulich in der Stadt gesehen hatte, also doch noch leisten. Und mit etwas Geduld würde ich bis heute abend aus diesem Mop auf meinen Kopf auch noch etwas Anständiges machen. Und Klaus? Wer war Klaus? Voller Wonne dachte ich an die wutverzerrten Gesichter von Peter, Holger und dem „Hallöchen, ich bin der Jörg!"-Typen, denen ich auf ähnliche Weise entwischt war. Dieser Tag versprach herrlich zu werden.

Ich träume

Die Party war zu Ende, die letzten Gäste gegangen.
Unschlüssig stand ich in der Halle des Hotels, meinen Mantel über dem Arm. Dann legte ich ihn übers Treppengeländer und stieg die Stufen hinauf. Ihr Schlafzimmer war das dritte links. Ich öffnete behutsam die Tür und spähte hinein. Sie lag quer über dem Bett und atmete leise. Ihr junger, zarter Körper war von einem silbrigen Nachthemd verborgen. Mein Herz schlug mir bis zum Hals.
Ich streifte vorsichtig meine Schuhe ab und stellt sie neben den Türrahmen. Dann schlüpfte ich ins Zimmer. Allmählich gewöhnten sich meine Augen an das Dämmerlicht. Es war ein femininer Raum mit leichten Möbeln in Beige- und Blautönen. Ich war mir meines Übergriffs bewußt: wenn sie aufwachte, würde sie die Polizei rufen. Aber ich konnte nicht anders. Nie zuvor hatte ich eine solche Begierde gespürt. Jetzt oder nie. Ihre feinen Züge hoben und senkten sich gleichmäßig im Rhythmus ihres Atems. Fast wäre ich mit dem Zeigefinger über die vollen schwarzen Augenbrauen gefahren, die wie Striche über den geschlossenen Lidern schwebten, aber dann schreckte ich zurück. Sie durfte nicht aufwachen. Der schutzlose weiße Hals sah aus, als könnte er jederzeit das Opfer eines Vampirs werden. War ich diese Vampirin? Sie, die Jungfrau, war jedenfalls die schönste Frau, die mir je begegnet war, und ich betete sie an.
Sie begann, sich unruhig hin und her zu wälzen, und plötzlich lag ihr vom Schlaf heißes Gesicht an meiner Schulter. Da öffnete sie die Augen und sah mich. Sie sagte nichts, sie warf mir einen Blick zu, der mir das Blut in den Adern gefrieren ließ. Das war keine Unschuld. War sie die Vampirin? Die schöne Jungfrau mit den langen Zähnen, die einst gebissen wurde und seither das Böse weitergibt?
Ihre schlanken weißen Glieder legte sich auf meine, und sie schloß mir den ängstlichen Mund mit einem Kuß. Als sie sich an mir sattgetrunken hatte, richtete sie sich gegen das gleißende Mondlicht, das ins Zimmer fiel, auf. Ihre Silhouette war die eines barmherzigen Todesengels. Sie war überirdisch schön. Sie würde meinem Leiden ein Ende bereiten. Von mei-

nem Bauch rutschte sie Stück für Stück an mir herauf, mich keinen Moment aus den Augen lassend.
Schließlich blickte ich in ihren Schoß, süß und feucht wie eine Mango. Ich konnte die Sterne in ihr sehen. Ich hörte das Pochen des Lebens. Gierig nahm ich ihr Leben in mir auf. Ich schluckte und schluckte, ich würde ihre Tropfen in einen Strom verwandeln. Ich war der Sog, der ihren Damm brach. Ihr Schoß bedeckte mein Gesicht, die Fassade, die ich am Tage der Welt bot, mit einem glänzenden Film. Ich wurde blind, als er sich mit einem Mal wie im Krampf auf mich preßte und alle Sinne betäubte. Ich war erlöst.
Sie glitt an mir herunter, um sich an mich zu schmiegen. Einen Moment später hörte ich wieder ihr regelmäßiges Atmen.
„Jederzeit“, flüsterte ich erschöpft und drehte den Kopf zur Seite.

Abschied von Kap Horn

Wir kamen, wie das so ist, wochenlang nicht aus dem Bett. Eines Tages, als ich wieder an sie geschmiegt lag, irgendwie auf der Lauer, weil ich mein Glück nach wie vor nicht glauben konnte, flüsterte sie mir ins Ohr: „Ich möchte eine Reise mit dir machen.“ Ihre Stimme war so einschmeichelnd, daß meine Vorsicht nur wuchs, aber eine nette Vorsicht, die in Erregung mündete.

„Ich werde in drei Monaten in die Arktis fahren, und ich könnte noch ein Ticket für dich bekommen. Hast du Lust?“

Ich, die ich kaum ein Marmeladenglas aufbekomme, sollte mit einer Frau, die ein steifes Bein hatte, ins ewige Packeis fahren? Das klang nach romantischem Selbstmord. Aber Selbstmord war wohl die Konsequenz einer Liebe, die sich nicht steigern und nicht stillen ließ. „Wie stellst du dir das vor?“ fragte ich ungläubig. „I'll be the brain, and you'll be the muscles“, sagte sie und küßte mich auf die Schulter. Es schmeichelte mir, daß sie vorgab, Muskeln an mir entdeckt zu haben.

„Aber was willst du bloß in der Arktis?“ Ein wesentlicher Grund, warum ich nicht hetera war, lag darin, daß ich dieses männliche Steppenwolfgetue verabscheute. Wenn Francesca es aufregend fand, durch eine tödliche Mondlandschaft zu reisen, um ihr Ego zu beweisen, war das ein echter Trennungsgrund. Endlich ein Grund, sie weniger zu lieben. Aber sie antwortete: „Ich finde die Arktis schön. Das ist alles.“

Kitsch. Ich wußte es, aber konnte nichts dagegen machen. Irgendwo tief in jeder Lesbe schläft die heimliche Sehnsucht nach Outdoor-Abenteuern, danach, schwarz-rote Jack-Wolfskin-Anoraks zu tragen, in einem Pickup über endlose Highways zu fahren und dabei *k. d. lang* oder die *Indigo Girls* zu hören. Francesca hatte mein Herz berührt, und die Vorstellung, wie sie beim Fahren die Hand zwischen dem Schaltknüppel und meinem Knie wechselte, machte mich weich. „Na gut.“ Ich würde unseren Kältetod sorgfältig inszenieren.

Ich kuschelte mich wieder in die Decke, aber war mittlerweile zu aufgekratzt, um wieder einzuschlafen. Ich rollte mich auf die Seite und stützte meinen Ellbogen auf. „Francesca, erzähl mir eine Geschichte.“ Sie grinste von Ohr zu Ohr. Wir testeten uns gerne gegenseitig auf Virtuosität, und Francesca liebte diese Herausforderungen. „Was für eine Geschichte?" - „Eine Liebesgeschichte natürlich", sagte ich und gab ihr einen dicken Kuß auf ihre vollen roten Lippen mit dem schön geschwungenen Amorbogen. „Mmmmmmh..." - „Also, was ist? Soll ich nun erzählen, oder willst du weiterküssen?" - „Erst erzählen und dann weiterküssen", entschied ich. Ich hatte mich nie mit diesem Spruch „You can't have the cake and eat it" anfreunden können, ich wollte immer alles und bekam es auch manchmal. „Es war einmal eine große, dunkle Frau..."

So waren wir einige Wochen später im Kap Horn zu einem Abschiedsfrühstück mit unseren Freundinnen verabredet. In drei Tagen würden wir fliegen. Als ich das Lokal betrat, warf Vreni mir einen durchaus anzüglichen Blick zu, während sie hinter dem Tresen herumwerkelte. War es so offensichtlich, daß ich wieder eine Frau hatte? Vreni war der Ansicht, keine Frau sollte alleine sein, egal wie lange. Sie liebte es, wenn in ihrem Lokal Ehen und Affären entstanden; wie ein Übermutter sah sie auf das Gewimmel der sich immerfort bildenden und trennenden Verbindungen herab, wenn sie nicht gerade selber dabei mitmischte.
Denn auf Vrenis Bettkante saßen immer mindestens zehn Frauen, die nur auf ihre Gelegenheit warteten, aber Vreni war wählerisch. Neulich noch hatte sie mir erzählt: „Keini meh unter drissig. Sust wärde si z'ansträngend. Und keini Blondine meh, die halte nüt us." Ich erschauerte wohlig bei der Vorstellung, was Vrenis Geliebten wohl „aushalten" mußten (aber da ich selber blond war, würde ich es nie erfahren). „Die sitze hinde uf em Podium! Ich chumm denn au emol!" brüllte Vreni mir gegen die Musik zu.
Annemarie saß schon oben, auf der anderen Seite des Tisches Charlotte und Vera. Alle waren sie gekommen, um mich vor der Reise in die Arktis noch einmal zu sehen, und winkten überschwenglich zu mir herüber. Ich war so gerührt, daß ich feuchte Augen bekam. Mit Annemarie war das so eine Sache. Ich mochte sie wahnsinnig gerne, wußte aber nie, ob wir uns

inzwischen nahe genug standen, daß ich sie zur Begrüßung in den Arm nehmen konnte. Als Kompromiß nahm ich sie bei den Schultern und schüttelte sie mit aller Herzhaftigkeit, die mir zur Verfügung stand, durch. „Wo ist denn deine Liebste? Ist sie schon da?“ fragte sie.
Francesca, die ich meinen Freundinnen an diesem Abend vorstellen wollte, fehlte noch. Kaum hatte ich mich gesetzt und das erste Kölsch bestellt, kam sie zur Tür herein, einen dicken Strauß blauer Tulpen im Arm, den sie mir, ganz Butch der alten Schule, mit einem flüchtigen Kuß in die Hände drückte. Der Abend war perfekt. Einer dieser seltenen Tage, wo einmal alles stimmte, wirklich alles. Ich hatte lange genug gelitten und genoß ihn in vollen Zügen.

Wir stellten die beiden Tische zusammen und setzten uns neben die anderen. Vreni kam kurz hoch, um die Bestellungen aufzunehmen. Dies versprach ein Kölsch-Besäufnis zu werden. Annemarie langte mit ihrer Hand über den Tisch und stupste mich an: „Warum läufst du im März in einem Anorak mit Pelzbesatz herum?!“
„Das ist mentales Training, meine Liebe - ich bereite mich eben gedanklich aufs Eis vor“, entgegnete ich so würdevoll wie möglich und tätschelte meine teuer erworbene *North Face*-Jacke, die ich wahnsinnig chic fand, seit sie der Bösewicht in der Verfilmung von *Fräulein Smillas Gefühl für Schnee* beim Ertrinken trug.
Da mischte sich Vera ein: „Letzten Winter warst du doch schon total muffig, weil es so kalt war und du immer den Schneematsch in deiner Wohnung hattest. Außerdem war dein Wasser eingefroren. Suse, Du HASST den Winter! Er macht dich depressiv, und ich kann mir nicht vorstellen, wie du ohne Kiosk an der Ecke überleben willst. Als ob du mit unsichtbaren Stöckelschuhen geboren wärst.“
Statt einer Antwort nahm ich einen weiteren Schluck Kölsch. Jetzt tätschelte mir Charlotte die Hand: „Jaja, die Liebe... Aber offengestanden, ich habe ebenfalls Angst um dich.“
„Warum?“

„Du brauchst dir nur mal den Knöchel zu brechen, und ich bin zehntausend Kilometer entfernt und kann dir nicht helfen, Baby!"
„Aber Francesca ist doch dabei!"
„Eben, um SIE mache ich mir fast noch mehr Sorgen. Wir alle wissen, wie hilflos du bist, wenn es um praktische Sachen geht."
Ich griff in die Außentasche meines Rucksacks und knallte ein Buch auf den Tisch. Vera starrte mich entgeistert an und fragte: „Rüdiger Nehberg? Ich seh's kommen: Francesca bricht sich den Knöchel, und du wirst die Arme mit Rentiermaden und Tundraflechten füttern, bis Rettung kommt. Falls Rettung kommt. Falls du jemals einem Rentier nahe genug kommst, um es nach Maden abzusuchen. Suse, das ist nicht dein Ernst! Warum macht ihr euch nicht ein paar schöne Tage in Vancouver? Oder meinetwegen Yellowknife, wenn ihr schon in den Norden wollt? Ich meine, Yukon hat den Goldgräbern seinerzeit schon hart genug zugesetzt - das müßte für euch doch reichen!"
Ich war verlegen, weil sich alle Sorgen um mich machten, und in meinem Magen schwappte inzwischen so viel kaltes Bier, daß mir leicht übel war. Da ich mich einmal entschlossen hatte, mit Francesca ans Ende der Welt aufzubrechen, konnte mich nichts mehr erschrecken. Ich würde ihr meine Liebe und mein Vertrauen beweisen. Nach gemeinsam durchstandenen faustgroßen Frostbeulen und faulem Fisch würde nichts mehr unsere Beziehung auseinanderbringen können, wir hätten die Probe für immer bestanden. Oder wir trennten uns nach dieser Reise. Aber ich würde wissen, woran ich bin. Für immer.

Charlotte wischte sich einen feuchten Fleck aus dem Augenwinkel und griff dann in ihre Weste. „Ich hab' was für dich."
„Ein HANDY?"
„Ja, das ist einfach ein Notfall. Wann immer ihr in Not seid, ruf mich an, egal wie spät es ist."
„Charlotte, glaubst du echt, ich kann aus der Arktis nach Köln telefonieren?"

„Versuch's halt. Du hast ja meine Nummer"
Ich betrachtete das Ding genauer. „Oh wow, und das von der Pridecom im Lesbendesign! Davon habe ich mal die Anzeige auf der Rückseite der *lespress* gesehen!" Ich fiel Charlotte um den Hals und gab ihr einen Kuß auf die Wange, den sie sich ungeduldig wegwischte.
„Jaja, schon gut. Wahrscheinlich rufst du wieder Sonntagmorgens um acht an, wie ich dich kenne."
Francesca hatte sich den anderen zugewandt. Ihr Gelächter lenkte Charlotte ab, die sich protestierend in die Unterhaltung einschaltete. Vreni kam mit einer neuen Kölschrunde. Ich warf einen kurzen Blick auf meine Geliebte und entdeckte, daß sie inzwischen noch betrunkener war als ich. Sie vertrug überhaupt nichts und war doch nüchtern schon immer leicht überdreht. Erstaunt sah ich ihr zu, wie sie Vreni an der Taille zu sich heranzog, ihr Hände in ihre nahm und sie abzuküssen begann. Sie küßte jedes Knöchelchen und jede Fingerspitze mit einer Inbrunst, daß ich vor Knistern erschauerte. Vreni, wie immer ganz Herrin des Hauses, genoß diese Demutsgeste sichtlich.
Bloß als meine Freundin dann anfing, an Vrenis kleinem Finger zu lutschen, ging ich dazwischen. Was zuviel ist, ist zuviel. Immer wenn Francesca mit meinen Fingern fertig ist, habe ich dort am nächsten Tag jedenfalls kleine Blutergüsse.
Vreni grinste und wandte sich wieder den anderen Gästen zu. Morgen würde sie den Vorfall vergessen haben. Sie lebte ganz im Augenblick. Ich würde Vreni vermissen, dachte ich mit einem kleinen Stich.
„Schätzchen, wir gehen jetzt mal", sagte ich entschieden zu Francesca und nahm meinen arktischen Anorak von der Lehne. Es war höchste Zeit zum Aufbruch ins letzte Abenteuer.
„Und wehe, du kotzt erst in meiner Wohnung."

Das gelbe Messer

Ihre Freundinnen brachten die beiden zum Flughafen. Abschiednehmen war etwas Tolles. Es war ein Ritual, das einem erlaubte, einmal besten Gewissens den Busen der Freundinnen am eigenen zu genießen. Dabei war Charlotte so klein, daß ihre Brüste irgendwo in Suses weichem Bauch landeten. Sie seufzte und schaute zu ihrer alten Freundin hinauf. Sie haßte es, wenn Suse wegfuhr. Suse war Familie, und jede Reise stellte auch im ausgehenden Jahrtausend noch eine Gefahr dar. Da reichte schon eine Lebensmittelvergiftung aus der Bordküche.
Die Frauen standen in der Abfertigungshalle und schauten durch die staubigen Panoramafenster dem abhebenden Flugzeug nach. Charlotte hatte schützend die Arme um sich geschlungen: „Mein Gott, Vreni, kannst du sie dir in der Arktis vorstellen?" Vreni schüttelte den Kopf und fuhr sich nervös durchs Haar. Ihr war unwohl zumute.

Es war mein erster Flug, und ich hatte Angst, aufs Klo zu gehen, weil ich dachte, ich könnte durch den Fallschacht auf die Erde schauen und in Panik geraten. Dabei liefen die Stewardessen ständig mit unwiderstehlichen Getränken vorüber. Als ich schließlich in meinem Sitz hin und her zu rutschen begann, verlangte Francesca eine Erklärung. Lachend erzählte sie mir vom „Druckausgleich". Aber als ich zurückkehrte, las ich bei meinem Sitznachbarn die Express-Schlagzeige „Baby von Flugzeugklo verschluckt!" Die Vorstellung, wie sich ein Säugling im Säurebad der Chemietoilette auflöst, dämpfte meine Nerven nicht gerade. So ungefährlich konnten die Dinger also doch nicht sein. Ätsch.
Ich schnatterte weiter, um nicht nachdenken zu müssen: „Und wenn das Flugzeug jetzt abstürzt?" - „Was soll dann schon sein?!" fragte Francesca augenrollend. „Das kriegen wir dann eh nicht mehr mit." Und ich erinnerte mich daran, was ich über den Absturz einer Maschine vor New York gelesen hatte. Die Boeing war in zwei Teile gebrochen, so daß das Flugzeug für endlose Sekunden ohne Cockpit durch die Luft trieb. Die Passagiere hatten den offenen Himmel, der auf sie zuraste, vor

Augen, bevor es abfiel und Bewußtlosigkeit sie erlöste. Was für ein Gefühl von endloser Freiheit, wie ein Goldener Schuß. Es gab schlimmere Todesarten, als gemeinsam mit zweihundert anderen zu sterben, beschloß ich, die ich nichts mehr fürchtete als die Einsamkeit, und lehnte mich etwas entspannter in meinem Sessel zurück.
Es gab sicherlich schlimmere Dinge. Langweile zum Beispiel. Selbstgerechtigkeit. Scham. Ich ging dazu über, einen Katalog meiner persönlichen Todsünden zu erstellen. Diese Listen sind bei mir endlos. Wenn ich einmal anfange, nach meinen Fehlern zu suchen, kann ich nicht mehr aufhören. Ich liebe Selbstzerfleischung. Außerdem würde Gott mich vielleicht mit dem Flugzeugabsturz verschonen, wenn ich mich rechtzeitig vor ihm zerknirschte. Täte er das nicht, hätte ich mich wenigstens auf die Katastrophe vorbereitet. Sollte keiner sagen, ich wäre naiv! „Media vita in morte sumus“ etc. Ich schwor mir, zur Mahnung einen Schädel auf meinen Schreibtisch zu stellen, sollte ich jemals wieder nach Köln zurückkehren.
Francesca hingegen schlief schon über Schottland ein. Sie hatte einen gesegneten Schlaf, gegen den ich nervös wie ein Rennpferd war. Während ich oft nachts in der Südstadt spazierenging, weil ich vor Eindrücken überfloß, schlief sie tief, aber auch nicht bleiern. Ihr Träume waren bunt und lebendig wie ihr Tag. Ich wünschte, ich wäre so gesund. Die fahle Morgensonne, die alle Flüge über den Atlantik begleitet, lag auf Francescas Gesicht.
Sie sah weich und müde aus. Ich hatte nie bemerkt, daß sie so alt war. Ich betrachtete sie wie eine Anatomin und hätte doch jedes einzelne Organ an ihr geliebt. Ich würde ihr den Hintern abwischen, wenn es sein müßte, und ich würde sie füttern. Ich würde mich niemals vor ihr ekeln, ob ihr Bewußtsein in tausend Stücke fiele oder ihr Körper dahinfaulte. Ich würde nie schlecht über sie denken, auch wenn sie mich aus Schwäche beschimpfte. Ich liebte sie wie eine Geliebte, wie eine Mutter und wie ein Kind, wie ein Mann, wie ein Bruder, wie ein Kumpel, wie eine Freundin. Ich berührte nur leicht den grauen Flanell ihrer Jacke, um ihrem

Schlaf nicht zu nahe zu treten, und ließ meine Fingerspitzen dort ruhen.
Der kleine Bildschirm vor uns zeigte an, daß wir gerade die Arktis, die Northwest Territories, überquerten. Das Licht hatte an Farbe verloren. Es war so weiß wie die Landschaft. Ich trat an eines der Fenster und schaute hinaus. Hier gedieh kein Leben, dachte ich, selbst wenn jetzt gerade zehn Karibuherden unter mir vorbeitreiben würden. Diese Schönheit ist tödlich - was will meine Freundin hier? Warum führt sie mich hierher? Ist sie mein Schicksal? Wartet mein Schicksal auf mich, oder bin ich einfach nur dumm? Aber ich dachte nicht an Umkehr. Ich wartete auf das Extrem und hätte keinen Alltag mehr ertragen können. Ich wußte, daß ich gerade auf irgendeine Weise das Leben verließ und nie mehr die alte sein würde.
Etwas Schreckliches würde passieren, dachte ich. Zu schön war das alles. Würde ich, wie immer, überleben, oder würde ich diesmal dran glauben? Würde mein Körper überleben, wenn mein Herz vor lauter Schmerz gestorben wäre, und die Jahre zögen sich endlos dahin, bis mich schließlich irgendeine Krankheit oder ein Unfall erlöste? Ich erinnerte mich an meine Großmutter, die nach dem Krieg, in dem ihr Mann starb, nie wieder dieselbe war. Sie hatte jegliche Achtung vor ihren Mitmenschen verloren. Sie war verstummt, weil sie alles zu klar sah.
Aber vielleicht war alles auch nur in meinem Kopf, dramatische Hirngespinste. Ich war solch eine Dramenkönigin! Francesca und ich würden einen ganz normalen Abenteuerurlaub verbringen, und wenn wir wieder in Köln wären, würde sich unsere Liebe auf ein bürgerliches Maß zurechtrütteln. Oder es wäre nur eine unglaubliche Affäre, und wir trennten uns in Köln. Ich würde Fotos machen. Es gab nichts Besseres, um die Wirklichkeit zu entwerten, als Fotos von den Dingen zu machen. Ich würde die Arktis in der Kiste haben und sie später meinen Freundinnen im Kap Horn zeigen.

Francescas dunkler Kopf war zur Seite gefallen, und ich spürte ihren Atem in meiner Halsbeuge. Keine Fotos. Ich würde Mut beweisen.

In der Schneehölle

Wir standen auf einem Schneefeld und hielten uns an unserem schwarzen Landrover fest. Der Blizzard war so stark geworden, daß wir nicht mehr die Hand vor Augen sehen konnten.
„Verdammt! Und dabei haben wir Yellowknife erst vor zwei Stunden hinter uns gelassen! Das ist, als ob man sich in seinem Vorgarten verirrt!" brüllte Francesca. Nahm ich jedenfalls an, da ich in dem Tosen nur einzelne Satzfetzen aufschnappen konnte. Wir stiegen wieder ein. Francesca stützte grimmig die Hände aufs Lenkrad.
„Und jetzt?" fragte ich, obwohl ich die Antwort schon wußte.
„Bei diesem Wetter können wir unmöglich weiter. Wir müssen hierbleiben und warten, bis sich der Sturm gelegt hat", knurrte sie. „Immerhin funktioniert ja die Standheizung, und wir haben massig zu essen mit."
„Essen ist eine gute Idee", gab ich zurück und holte Sandwiches und eine der Thermoskannen hervor. Wir aßen schweigend. Dann wischte ich mir Mund und Hände ab, warf die zerknüllte Serviette in den Abfallbeutel und kuschelte mich an Francesca, den Kopf an ihre dicke rote Goretexjacke gelehnt.
„Süße, machst du dir ernsthaft Sorgen?"
„Nein. Ich werde jetzt mal 'ne Runde nachdenken, und du kannst ruhig ein bißchen schlafen. Du siehst todmüde aus."
Sie drehte am Radio herum, bis ein alter Patsy-Cline-Song erklang.
„Francesca...", flüsterte ich, kurz vor dem Einschlafen.
„Ja?"
„Ich liebe dich."
„Ich dich auch", sagte sie sanft und strich mir über die Augen.

Ich weiß nur noch, daß mich wieder irgendein trauriges Country-Lied weckte. Ich streckte mich, um meine Glieder zu lockern, und tastete mit geschlossenen Augen nach Francesca. Ich griff ins Leere. Sie war nicht da. Sie war auch nicht da, als ich die Tür aufriß und ins Freie hinausrannte, so schnell es die hohen Schneeverwehungen zuließen. Ich sah nichts. Das flache Land gab alles preis, hier war kein Platz zum Verstecken.

War sie gestolpert, war ihr schlecht geworden, und lag sie jetzt irgendwo steif vor Kälte im Schnee? Panisch suchte ich die Umgebung ab, entdeckte aber nichts außer einer einzigen halbverschneiten Fußspur, die ins Morgengrauen hinausführte. Tief erschrocken ging ich zu unserem schwarzen Rover zurück. Vielleicht hatte sie auf der Karte entdeckt, daß die nächste Ortschaft nicht weit entfernt lag, und war alleine losgegangen, um Hilfe zu holen? Um zu fragen, ob wir irgendwo ein paar Nächte bleiben könnten, bis sich das Wetter aufgeklart hatte? Ich entschloß mich, langsam ihren Spuren zu folgen, in einem Tempo, das meinen Fahrkünsten entsprach, zumal ich auch nicht in einem kanadischen Straßengraben, ohne Aussicht auf Hilfe, mein Leben beenden wollte. Die Spuren führten nach Norden.
Während ich so im Auto saß und überlegte und schon nach dem Zündschlüssel griff, lief auf der Ebene vor mir ein groteskes Schauspiel ab. Ein Hüne von Mann - splitternackt, was einen unerfreulichen Blick auf seinen von Narben und Stichen zusammengehaltenen Körper freigab - hastete in etwa zweihundert Meter Entfernung an mir vorbei. Auf seinem Kopf sprossen häßliche braunrote Haarbüschel. „Francesca!" schrie ich voller Angst. In dem Moment erblickte ich den Verfolger, einen älteren Mann in einem Schlitten, der wie getrieben seine Peitsche über dem Hundegespann schwang. Da begriff ich: Es waren Doktor Frankenstein und sein Monster. Die beiden hatten sich in den hundert Jahren aber gewaltig vorwärtsbewegt, wenn sie schon kurz vor Yellowknife waren. Francesca hatte das Monster jedenfalls nicht auf dem Gewissen, dazu war es viel zu beschäftigt.
Nachdem das Gespann dreimal an mir vorbeigeflogen war, hatte ich mich leid gesehen und startete endgültig den Wagen. Mit einem Automatikgetriebe würde ich wohl noch fertigwerden. Die weißen Massen vor mir ließen einfach nichts erkennen. Ich manövrierte den Rover auf das, was ich für die Straße hielt, und im Schrittempo schoben wir uns voran.

Etwa nach einer Stunde sah ich erstmals Rauch. Zehn Minuten

später sah ich eine Hütte. Ich atmete tief durch. Bestimmt würde ich Francesca dort treffen. Ich parkte in der Einfahrt und stapfte die letzten Schritte zur Hütte hinauf, so schnell ich nur konnte. Vor mir sah ich wieder eine Spur schwerer Schritte, die sich bis zur Tür zog. „Francesca!" dachte ich, und mein Herz krampfte sich vor Sehnsucht zusammen. Ich klopfte.
Eine große Frau mit einem gemusterten Kopftuch öffnete. Ihr Lächeln verhieß nichts Gutes. Ich versuchte, über ihre Schulter in die Hütte zu schauen, aber ihre bullige Figur versperrte mir die Sicht. „Hi", sagte ich geduldig. „My name is Susan, I've got lost in the wilderness, and I've also lost my partner Francesca. Have you seen her?"
Sie musterte mich mit einem undefinierbaren Augenausdruck. „Come in", sagte sie schließlich und ließ mich durch. Ich schlüpfte beunruhigt an ihr vorbei und ließ meinen Blick durch den Raum schweifen. Auf dem Herd kochte ein Riesentopf vor sich hin, in dem eine lange hölzerne Kelle steckte. Dann sah ich ihn, Francescas Anorak, der über der Lehne eines Küchenstuhls hing. Das Entsetzen kroch an mir hinauf und drohte mich zu lähmen. Aus der Schranktür ragte ein Stück ihres orangefarbenen Fleecepullovers. Mein Gott, hatte sie in Francesca nur Nahrung und Kleidung gesehen? Ich war dabei, wahnsinnig zu werden.
Langsam schloß die Frau die Tür hinter mir. Ihre entblößten Zähne glitzerten böse im Halbdunkel. Da fiel mir das Handy ein, das ich immer noch in der Innentasche an meinem Herzen trug. In Todesangst drückte ich die Nummern ins ferne Köln. Anrufbeantworter.
„Charlotte? Ich bin in Schwierigkeiten. Francesca steckt wahrscheinlich in einem Kochtopf, und ich werde wohl auch..."
Dann wurde mir das Handy beinahe liebevoll aus der Hand genommen.

Finale

Monika seufzte, während sie das Kopftuch zusammenfaltete. Es wäre ihr lieber gewesen, wenn sie Suse nicht mit dem Revolvergriff hätte betäuben müssen. Aber Suse hatte ihr ja nicht zugehört, blind vor Liebe, wie sie war. Monika bettete Suses Kopf auf eine Decke und strich ihr das feuchte Haar aus der Stirn. Dann tastete sie die Schädeldecke nach Frakturen ab, zusehend erleichtert, als sie keine fand.

Vor einer Woche hatte Charlotte sie angerufen: Suse und ihre neue Liebhaberin planten, in die Arktis zu fliegen. Sie wisse zwar nicht warum, aber aus irgendeinem Grunde hätte sie ein ganz schlechtes Gefühl bei dieser Reise. Ob Monika sich mal dahinterklemmen könne - falls sie sich denn noch für ihre Ex verantwortlich fühle?

Daraufhin ließ Monika von einer Freundin in L.A. erst einmal Francescas Personalien überprüfen. Und richtig: Falls Suse auf der Expedition etwas zugestoßen wäre, hätte Francesca 500.000 Dollar geerbt. Die beiden hatten gegenseitig ihre Lebensversicherungen aufeinander abgeschlossen.

Monika seufzte wieder und blickte auf ihre wimmernde Exfreundin hinunter, die sich wie ein Embryo auf dem Boden zusammengerollt hatte. Selbst in diesem Zustand war sie eine höchst attraktive Frau, dachte Monika wehmütig.

Das Handy riß sie aus ihren Träumen. „Ja?“ blaffte sie. Dann entspannte sich ihre Miene. „Charlotte! Ja, sie ist in Sicherheit ... ja, Francesca habe ich auch ... wie? Plötzlich stand eine Frau mit einer Knarre in der Tür und bedrohte mich. Nach deiner Beschreibung mußte es sich um Francesca handeln. Keine Ahnung, warum sie gerade auf meinen Unterschlupf gestoßen war.

Ich hatte auf jeden Fall gerade einen Eintopf auf dem Feuer, und während sie draußen ihre Notdurft verrichtete, habe ich ein paar meiner Schlaftabletten hineingebröselt. Jetzt schläft sie ganz friedlich in einem alten kanadischen Wandschrank. ... ja, mir ist auch ein Stein vom Herzen gefallen. Die Mounties müßten eigentlich gleich kommen und sie abholen.

... Ja, ich grüße sie, sobald sie wieder bei Bewußtsein ist. Ich mußte sie nämlich niederschlagen, weil sie mir gerade die

Augen auskratzen wollte, und das hätte womöglich Francesca geweckt, und ich hätte einen Zweifrontenkrieg gehabt. Aber sie ist okay, wirklich."
Monika blickte wieder auf Suse, die gerade mit Mühe das erste Auge öffnete. „Weiß ich noch nicht, mal sehen. Ich habe sie als ziemlich nachtragend in Erinnerung."
Unter Stöhnen zog sich Suse am Tischbein hoch, bis sie aufrecht saß.
„Also, nochmals vielen Dank. Und grüß die anderen. Tschüüüüß!"
Inzwischen hatte Suse auch das zweite Auge geöffnet und sich auf einen Stuhl gehievt. „Ich glaub' das alles nicht", krächzte sie, während sie ihren Blick auf das vertraute Gesicht richtete. Monika preßte vorsorglich schon einmal die Handflächen an die Ohren. Wie in den guten, alten Zeiten. Sie war glücklich.

Aus unserem Verlagsprogramm:

KAREN-SUSAN FESSEL,

Heuchelmund - Erotische Erzählungen. Sexuelle Eskapaden, leidenschaftliche Affairen, herzzerreißende Liebeskatastrophen. Klar und unverschnörkelt, psychologisch einfühlsam und hemmungslos erotisch.

Und abends mit Beleuchtung, *geb., 32,-* **Roman** über Freundschaft, Liebe, Leben, Sex der "Generation X" in Berlin

KATRIN KREMMLER,

Dykes On Dykes - Der erste interaktive Internet-Lesbencomic
jetzt als Buch, Format A4, geb. ca. 80 S., DM 19,80.
Frigg und Christine sind das Lesbentraumpaar der 90er Jahre. Sie sind ständig im Bett, weshalb Christine ihren heterosexuellen Kater Bronzo vernachlässigt. Dieser ist zudem permanenten sexuellen Belästigungen durch Friggs Hündin ausgesetzt - eine Katzenpsychose droht. Da kann nur Tierpsychologin Dr. Doris Kellermann helfen - eine frustierte Singlefrau, bekannt durch Flirtpannen, die Weltgeschichte machten... Wilde Romantik, geschlechter- und gattungsübergreifende Liebesgeschichten, anrührende Tierschicksale und handfeste Sexszenen - ein Feuerwerk schwarzen Humors.

Postkartenserie: Das lesberotische Alphabet. *26 farbige Postkarten DM 26,-.* Einzeln (bitte bei Bestellung Buchstaben angeben): *DM 2,-*

LAURAS Animösitäten und Sexkapaden das queerlesbische **Sexwörterbuch,** mit ca 200 Bildern, einem Daumenkino von Heidi Kull und einem erotischen Alphabet von Katrin Kremmler, *DM 29,80.* Politically incorrect, sinnlich informativ, aufklärend, frech, frivol, fantastisch böse...

REGINA NÖSSLER,

Strafe muß sein. Roman, mit Fotos, geb. *29,80.*
Die Geschichte von Hildegard & Henriette, seit 12 Jahren ein Paar „Sie waren ein schönes Paar, ihre Lebensgefährtin Henriette, die Tierärztin und sie, Hildegard Buhmann, d ie als redaktionelle Mitarbeiterin eines privaten Fernsehsenders in der Abteilung *Unüblickes menschliches Verhalten* tätig war..."
„... ein ganz erstaunliches Buch. Es ist völlig selbstverständlich, daß Männer nicht vorkommen, keine Erklärungen, Absetzungen. Das BUch trieft vor Sex. Ausgelassenem, hemmungslosen Sex. Der Speichel riecht nach etwas, das Pfefferminzblättchen wird aus lauter Eifersucht mit Scheidenflüssigkeit gewürzt. Bei aller Wut, Haßliebe, bei Mißverständnissen und Trennungsandrohungen, bei erzwungenem und ersehntem Sex sind Henriette & Hildegard ein Paar, welches sich wahrscheinlich nie trennen wird."
Twilight

Wie Elvira ihre Sexkrise verlor. Erzählungen *DM 19,80*
„Der Autorin gelingt es, die Ungereimtheiten und Ambivalenzen des täglichen Liebens & Lebens so leichtfüßig wie aufregend zu schildern. Ein sehr erotisches Buch über die lesbische Liebe. Große Empfehlung".
Luna-Frauenbuchversand

GERDA E. GROSSMANN,
Donauweibchen - *Prosa, 160 S., frz. Broschur, mit Abbildungen, DM 24,80, ÖS 181*
Die weiblichen Figuren der Erzählungen leben oft in ländlichen Idyllen, die sich immer auch als bedrohlich und gewalttätig entpuppen; sie sind durchsetzt von Gewalt und verbotenen Lüsten. Doch ihre Heldinnen verharren nicht in ihren ausgelieferten Positionen, sie schaffen es, die Beklemmungen aufzulösen, machmal in Lust, manchmal in befreiende Gegengewalt. Oder sie streben weg von der harmonischen Welt, von der eingespielten netten Sexualität, hin zu einer erotischen Anziehung des Unbekannten und Unheimlichen. Den Aufbruch aus falschen Idyllen, Situationen an der Grenze, Heldentaten weiblicher Freibeuter - Gerda Grossmann vermag sie meisterhaft zu schildern. Ihre Texte gehen wortwörtlich unter die Haut...
„Man merkt, daß sie vom Film kommt: Gerda Edelweiß Grossmann besitzt einen ausgeprägten Sinn für Effekte und Rhythmus und setzt so auf harte Bildschnitte, überraschende Wendungen und variierendes Erzähltempo".
Süddeutsche Zeitung

DAS LESBISCHE AUGE
Mein heimliches Auge ***spezial*** **- nur von Lesben**
Fotografien, Zeichnungen, Erzählungen, Essays, Lyrik.
Herausgegeben von Laura Meritt & Mai Leff
224 Seiten, ca. 200 Abbildungen, DM/SFr 29,80, ÖS 218. Mai 1998
Lesben von jung bis alt über Sex, Erotik, Lust & Liebe, in Gemälden, Fotografien, Erzählungen, Lyrik, Essays.

Interessiert?
Sie finden diese Bücher in Ihrer Buchhandlung.
Falls nicht, schreiben Sie an den Verlag:

Konkursbuchverlag
PF 16 21 - 7 20 06 Tübingen
Tel.: 0 70 71 / 66 55 1 - Fax: 0 70 71 / 6 35 39